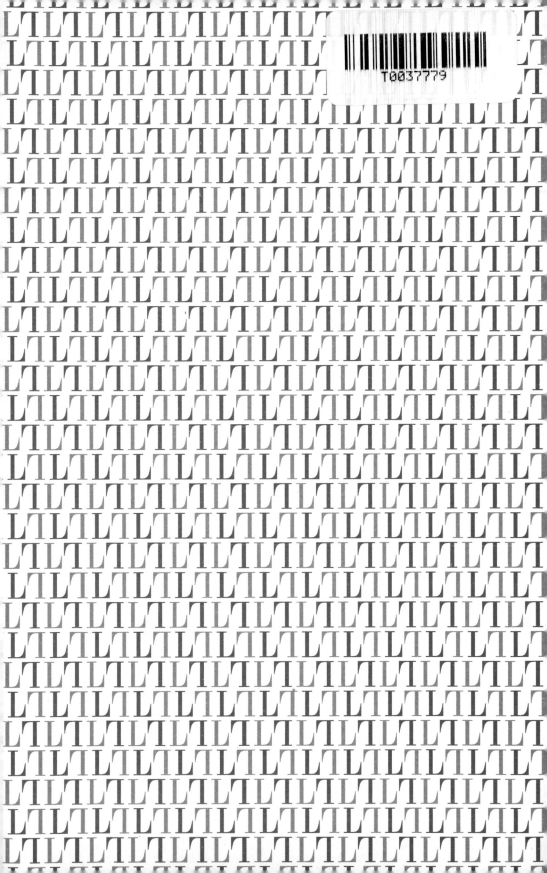

El amor en Francia

El amor en Francia

J. M. G. Le Clézio

Traducción del francés de
María Teresa Gallego Urrutia
y Amaya García Gallego

Lumen
narrativa

Papel certificado por el Forest Stewardship Council®

Penguin
Random House
Grupo Editorial

Título original: *Avers. Des nouvelles des indésirables*

Primera edición: septiembre de 2023

© 2023, Éditions Gallimard, París
© 2023, Penguin Random House Grupo Editorial, S. A. U.
Travessera de Gràcia, 47-49. 08021 Barcelona
© 2023, María Teresa Gallego Urrutia y Amaya García Gallego, por la traducción

Printed in Spain – Impreso en España

ISBN: 978-84-264-2598-0
Depósito legal: B-12111-2023

Compuesto en M. I. Maquetación, S. L.
Impreso en Egedsa (Sabadell, Barcelona)

H425980

Anverso

Maureez Samson

Desde siempre escuchaba el sonido del mar en los rompientes. En Baie Malgache las olas vienen muy seguidas, se estiran por encima de los guijarros negros tan cerca unas de otras que forman un único fragor suave, sin respiración, el sonido de un motor. Como el motor de la piragua de su padre, ahora lo recuerda, aunque hace años que dejó de oírlo. En el morro de la piragua Tomy Samson había escrito el nombre de su hija con letras gruesas y rojas, MAUREEN, y la última N se había corrido formando algo parecido a una Z. Así que se quedó con ese nombre para su hija, le parecía mucho más bonito. Y Maureen se llamó Maureez para siempre. A los niños les hacía gracia eso de Maureez.

—*Ki kot? To été Moris bolom?*[1]

Pero no era motivo de vergüenza, antes bien, recuerda que se erguía cuan bajita era y se quedaba mirándolos fijamente.

—*Mo papa finn allé pa'tout, pa'tout pays Moris ça la même.*[2]

Hasta que un día, su padre no volvió de pescar.

Maureez lo esperó en la orilla, al viento, día tras día, y hasta por la noche, hasta que Lola le dijo:

---

1. ¿Dónde? ¿Eres de Mauricio? (*Todas las notas son de las traductoras a menos que se indique lo contrario*).

2. Mi papá ha ido a todas partes, a todos los países, hasta a Mauricio.

—Ça sifi comme ça, rentré, pas resté dihors ki espère?[3]

Maureez se negaba, pero no le quedó más remedio que obedecer y pegarse a la pared cuando estaba en la cama para no oír roncar a Lola como si no hubiese pasado nada, todo normal, todo bien, vamos. Después, ya nada fue como antes. Lola se volvió mala, pegaba a Maureez por cualquier cosa. Se juntó con otro hombre, Zak, un zángano que se pasaba el rato bebiendo, espatarrado en el sofá viejo del porche, mirando el mar. Maureez no había conocido a su madre, murió al poco de nacer ella, y Tomy Samson no volvió a casarse, aunque eligió a esa mujer, Lola Paten, y Maureez la aborreció desde que supo lo que significaba odiar, porque Lola le hablaba con dureza, le pellizcaba el brazo, la obligaba a lavar toda la ropa de la casa, incluso cuando Maureez tenía que ir al colegio. Así que, cuando Tomy Samson no regresó de pescar, la vida en casa se volvió insufrible. Lola se marchaba para ir a trabajar a un hotel, en Port Mathurin, y mientras estaba fuera Zak se bebía su cerveza y miraba de forma muy rara a Maureez, que no tardó en darse cuenta del peligro, cuando una tarde la agarró por el brazo y se pegó a ella farfullando palabras asquerosas, palabras incomprensibles.

—Vini, nous faire un ti ballet, un ballet à quat'z'yeux![4]

¿Cómo se le podían decir semejantes cosas a una niña? ¿Qué era eso del *ballet*? Maureez se zafó, salió de casa corriendo y se escondió entre las rocas. Por la noche, cuando Lola volvió, Maureez no contó nada porque sabía que Zak diría que eran sivergonzonerías, que había sido ella la que había intentado seducirlo, restregándose contra él y atrayéndolo a la cama. Se acostó sin

3. Ya está bien, entra en casa, no te quedes fuera, ¿a quién estás esperando?
4. Ven, que vamos a hacer un bailecito, un bailecito con cuatro ojos.

cenar y se hizo un ovillo en la cama, con la cabeza apoyada en la pared, escuchando los ronquidos de Lola.

Después de aquello, las cosas se complicaron. Por las mañanas, cuando Lola salía a trabajar, Maureez también se iba, con los libros y cuadernos en la mochila, como si fuese al colegio, pero cogía el camino más largo y andaba por ahí. Fue entonces cuando Maureez empezó a engordar, quizá pensando que así a Zak se le quitarían las ganas de tocarla. Tuvo que cortar las perneras de los vaqueros y dar de sí la camiseta, y aun así la ropa le seguía quedando corta y estrecha. Las demás niñas del colegio se burlaban de ella, cuando se las cruzaba le gritaban «*Fatso*» o «*Gros tas*»,[5] y aunque se moría de rabia por dentro, no respondía nada. Entonces decidió que el colegio se había acabado para ella. No se lo contó a nadie, tomó la decisión por su cuenta. Por las mañanas madrugaba, se lavaba la ropa en el barreño de cinc, metía un poco de arroz y *brèdes*[6] en un paño, al fondo de la cartera, como si fuera al colegio, en el pueblo. Pero en cuanto Lola desaparecía, daba media vuelta y echaba a correr entre la maleza, hacia las alturas, lejos de la ciudad.

Si había algo que Maureez conocía eran las piedras. Se conocía cada roca de Baie Malgache, cada canto rodado, cada color, cada textura, las que eran negras, blanco pálido, estriadas con rayas rojas, moteadas, gris azulado, verde oscuro, todas las formas de las piedras, las redondas que ruedan como bolas, las puntiagudas, las horadadas de agujeros oxidados. Desde que era muy pequeña, Tomy y ella iban por la mañana a andar por la playa para buscar buenas piedras.

5. Gorda. Mazacote.
6. Denominación genérica para diversas verduras de hoja que pueden abarcar distintas variedades en función del lugar, la estación, etcétera.

Cuando las levantaba, veía cómo salían huyendo todos los animalitos, los cangrejos transparentes, las escolopendras y también unos insectitos negros que se zambullen en los charcos. Elegía para su padre una hermosa piedra pesada, lisa, bien redonda, que serviría de lastre para las redes. A Maureez le gustaba el olor del mar, es fuerte, ácido, da tos, pero es un olor familiar, que reconforta. El tronar del oleaje en la barrera, a lo lejos, vibraba hasta la playa. A veces empezaba a llover de golpe, sin venir a cuento, una lluvia fría que pica en la cara y en las piernas, pero no necesitaba resguardarse, se quedaba junto a su padre, miraba cómo le resbalaba el agua por la cara, a lo largo de las arrugas como torrenteras, cómo se le prendía en el pelo. Gracias a la lluvia Maureez vio por primera vez que tenía canas, unos hilillos plateados que brillaban en la mata de pelo crespo. Tomy no era viejo, pero ya tenía esos hilillos plateados, y cuando ella se lo dijo, él se echó a reír. Dijo, lo recordaba muy bien:

—*Blanc fin 'sorti mo sivi!*

«¡Los blancos me han asomado por el pelo!». Ella, Maureez, tiene el mismo pelo que él, una pelambrera de rizos muy prietos que le forma una maraña en la cabeza, por mucho que se empeñe, no hay forma de domarla. En el colegio, la maestra le había dicho:

—No queda bonito, tienes que hacerte trenzas.

Pero su padre no quiso, enunció su ley, ¡la familia Samson no es de blancos, es de mozambiques, no tiene por qué esconder el pelo, no tiene por qué hacerse trenzas!

Maureez no entendió lo de mozambique, pero le gustó. Cuando iba a la playa, o a la montaña, el viento le sacudía el pelo y le azotaba la cara, la lluvia se le metía en los ojos. Estaba orgullosa de su padre, no necesitaba a nadie, por eso Lola Paten la aborrecía aún más. Estaba celosa. Desde que Maureez era muy pequeña, Tomy se la llevaba todos los días en la piragua, por la tarde, después de pescar, o los domingos por la mañana, la bonita piragua blanca en la que había escrito con un pincel y pintura roja el nombre de su hija, e iban hasta el final de la laguna, hacia los islotes del atolón.

Eran momentos de bienaventuranza; más tarde Maureez recordaría todas y cada una de esas excursiones, que eran dulces e intensas como una luz que deslumbra, largas y lentas, el sonido del motor y de las olas rompiendo al acercarse a los arrecifes, y luego, en mar abierto, cuando Tomy izaba la verga oblicua, el restallido del viento en la vela, el resbalar sedoso de la estela, los gritos de las aves.

En Île aux Fous hay tantas que sonaban como miles de canicas de metal rodando, un bramido de miles de gargantas, y los clamores de los recién nacidos en las rocas negras, y los prolongados lamentos de los albatros que roban polluelos. Maureez se escurría hasta la proa y se sentaba en la pértiga que había apoyada en la borda, los ojos le lloraban con el viento, el pelo y la ropa se le impregnaban de agua salada, las manos y el empeine de los pies se le quemaban con el sol. El agua era profunda, de un azul casi negro, el cielo palidecía hacia el crepúsculo. Cerrando los ojos se imaginaba que la piragua se iba de veras, llevándoselos a ambos al otro lado del mar, lejos de todo, lejos de casa, lejos de las jeremiadas de Lola, la piragua los conducía a una isla magnífica donde vivirían los dos para siempre, una isla llena de perfumes y de colores, donde solo tendrían que ser felices, dormir y soñar.

Por aquella época fue cuando Maureez se inventó a su amiga Bella, para tener a alguien con quien hablar, ya que su padre se había ido y ya no le importaba a nadie. Ya que las niñas del colegio le tiraban huesos de fruta cuando la veían y le gritaban malas palabras. Cuando iba a la montaña, por donde La Ferme, más arriba de Baie Malgache, buscaba un escondrijo para resguardarse del viento y a veces de la lluvia. Se hacía un ovillo en el hueco de una roca, con la cabeza apoyada en la mochila de colegiala y esperaba a que llegase Bella. Al principio no la veía bien, era solo una presencia, como una onda de calor que le llenaba el vientre y los pulmones, cerraba los ojos y sobre el fondo rojo de las retinas veía aparecer una silueta luminosa, blanca y salpicada de motas de oro, y era una forma que se movía, como un reflejo en el agua, como una nube en el cielo. Luego, cuando se acostumbró, vio que esa forma no tenía rostro sino tan solo ojos, unos ojos grandes abiertos de par en par, y era en lo hondo de esos ojos donde brillaban las pizcas de oro. Era una mirada muy dulce y muy intensa, Maureez sentía un escalofrío en la piel, como si con esa mirada le pasara por encima un hálito, le erizaba todos los pelillos de los brazos, de los hombros y de las piernas. Poco a poco fue aceptando esa mirada, esa silueta, le puso nombre, el nombre de Bella, porque era un ser de maravillosa belleza al que solo ella podía ver, un ser que venía de otro lugar, de la otra punta de la tierra para prestarle ayuda. Empezó a hablarle en voz baja, cada vez, en voz baja o incluso sin hacer ruido, como se le habla a una amiga, para contarle su vida, para recordar a su padre, la piragua, los tiempos en los que todo resultaba fácil. Bella en realidad no contestaba, pero Maureez oía sus respuestas, oía las palabras que estaba esperando, palabras que le daban ánimos, palabras de amor, palabras para ella sola. Era como una canción, una canción que se entona en lo hondo de la garganta, una canción que gira y vuelve a empezar, un murmullo del mar a lo lejos, del viento en los arbustos espinosos, en las ramas de las casuarinas, un rumor de gotas de lluvia sobre la cara y el cuerpo, retrocedía en el tiempo, hasta la piragua de Tomy que se deslizaba sobre el agua transparente de la laguna, dispuesta a enfrentarse al oleaje del canal hasta el mar abierto y oscuro. Era Bella quien la guiaba a través de los jardines que hay en el fondo del mar, que había visto en otros tiempos cuando nadaba con su padre bordeando el arrecife, las playas blancas, los bosques de coral amarillo y rojo, y los miles de peces que volaban de una isla a otra.

—¡Espérame, Bella, no puedo seguirte, nadas muy deprisa!

Para hablar con Bella, Maureez incluso se inventó un lenguaje que no se parecía en nada ni al francés ni al criollo, un idioma rápido con muchos sonidos con *u* y *a*, muchas *l, s* y *w,* pero sin *k* ni *p* ni *j,* porque podrían asustar a Bella, si es como las aves o como los gatos, los sonidos tenían que fluir y resonar, que cantar, que calmar. Para decir «no hables» se dice «*yawalululi*», para decir «ven a verme» se dice «*hilawaluawa*», para decir «adiós, hasta mañana», «*mawawumawa*». A veces, cuando estaba a la orilla del mar en Baie Malgache, se escondía detrás de las rocas grandes y le hablaba a su padre en ese idioma, soplaba esos sonidos al viento para que cruzasen el horizonte y lo buscaran allá donde esté, en su isla lejana, o puede que incluso en África, en el país de los mozambiques.

Pero la realidad alcanzó a Maureez Samson; un día que volvía de la montaña Lola Paten la estaba esperando delante de casa y lo primero que hizo fue darle una bofetada. Gritaba, se le quebraba la voz, y resultaba más ridícula que atemorizante. No paraba de decir:

—*Kot to été?*

«¿Adónde vas, adónde vas?». Agarró un palo, y por la maldad que le brillaba en los ojos no cabía duda de que tenía intención de usarlo. Maureez se refugió detrás del murete del patio y no contestaba, pero miraba a Lola con los ojos llenos de odio, como si con eso bastase para que Lola no volviera a hacerlo y no se le acercara. Dentro de la casa, Zak estaba de pie en un rincón, y por un instante le entraron ganas de gritarle también a Maureez, pero debió de leerle en la mirada que ella no iba a dejarse, que contaría lo que le había hecho, cuando la estrechó contra sí metiéndole las manos por debajo de la camiseta e intentó besarla. Maureez notaba el corazón latiéndole muy fuerte en el pecho y un mareo en los ojos, porque en ese momento se lo jugaba todo, no podría volver a casa nunca más, aunque fuera la casa de su padre y de su madre, y no la de Lola Paten y el Zak ese, sino la casa donde ella había nacido y crecido con Tomy, y que no volvería a ver. Fue el mareo lo que la decidió. Dio media vuelta y echó a andar por el sendero que conduce a la ciudad, y poco a poco los gritos de Lola se iban atenuando y borrando. Cuando miró atrás, en lo alto de la pendiente, ya no vio la casa ni a nadie. Solo un perro que ladraba por algún lugar del campo de cebollas y batatas. Farfulló: «¡*Wallalowa!*», que significaba: «¡Vete y no vuelvas!».

Los días que siguieron Maureez estuvo viviendo como un animal salvaje en la montaña. Se acomodó en una especie de cueva encima del mar, con algas para hacerse una cama, y tapó la entrada de la cueva con ramas secas, para que no la vieran, pero también para protegerse del viento y de la humedad del mar. Al principio estaba un poco asustada, por los ruidos nocturnos, el crujido de las piedras al enfriarse, el soplo del viento entre los arbustos, los gritos de las aves marinas cuando las despertaban las ratas. Pero hablaba con Bella y el miedo se esfumaba, incluso llegaba a oír la voz de la criatura que le respondía en su lenguaje, que resultaba muy dulce y cantarín, una voz angelical. Para vencer el miedo, empezó a cantar, siguiendo la voz de Bella, solo unos sonidos sin ilación, unos cánticos que acompasaba golpeándose el pecho con la mano, en su propio idioma, con muchas vocales y murmullos guturales, como *hmmm, hmmm, hooo, huimmm...* Cuando le entraba hambre, Maureez se acercaba sigilosamente a las viviendas, por donde La Ferme. En los campos encontraba batatas y cebollas, y por las casas, mangos y jacas, esperaba a que se hiciera de noche para coger la fruta y las hortalizas. Los perros ladraban cuando se acercaba, pero Maureez conocía las palabras que los amansan y los duermen. Susurraba muy bajito palabras con *shsh,* con *ttt,* y los perros echaban las orejas hacia atrás y se sentaban gimoteando. Ella seguía hablándoles, entraba en la casa y cuando se marchaba siempre les dejaba algo para darles las gracias. Fue cada vez más lejos, por donde la ciudad, para encontrar pan o bollos, se quedaba mucho rato escondida entre la maleza y cuando veía que la cocina se quedaba vacía, caminaba sin apresurarse, como si conociera a los que vivían allí, apartaba la cortina de *gonny*[7] que cubría la puerta y se metía en la camiseta los pedazos de pan y los bollos. Varias veces estuvieron a punto de pillarla cuando se marchaba, pero aprendió a correr entre la maleza, entre las rocas, nadie podía alcanzarla. Era una vida rara, no tenía tiempo de pararse a pensarlo, pero de vez en cuando volvía a sentir aquel mareo, como el día en que decidió escaparse lejos de Lola y de Zak, de la casa maldita. O bien cuando estaba en su cueva, resguardada detrás de las cortinas de cañas; de repente se reía a carcajadas sin motivo, solo era una risa que la hacía estremecerse y que se le saltasen las lágrimas, ni siquiera sabía por qué, pero qué bien sentaba reírse.

Fue Mahmoody quien se fijó en ella. Estaba en el muelle, vigilando la descarga de los barcos, como todas las mañanas. Vio, oculta en la sombra de la marquesina, una forma que al principio le pareció un montón de ropa vieja y de redes. Al acercarse descubrió a una niña de cara oscura que lo miraba con unos ojazos asustados.

7. Yute, tela de saco.

—¿Qué estás haciendo aquí?

Le habló suavemente. Mahmoody era un anciano de aspecto muy dulce, un poco calvo por la coronilla. Pero como había trabajado toda la vida en los barcos, el cuerpo y las manos se le habían endurecido. En vista de que Maureez no respondía, volvió a hablarle en criollo:

—*Ki ti fer la?*

El viento del mar era frío, Mahmoody se fijó en que la niña tenía la ropa mojada y estaba tiritando. Pensó que habría pasado la noche en el muelle, acurrucada contra un poste, medio oculta entre las lonas viejas y los cordajes. No recordaba haberla visto antes. Dijo:

—¿Cómo te llamas, niña?

—Maureez —dijo Maureez.

—¿Maureez qué más?

—Maureez Samson.

El apellido enseguida le resultó familiar.

—Samson, ¿eres de la familia de Tomy, el pescador que se perdió en el mar?

Maureez tardó en contestar.

—Eres su *tifille*,[8] ¿verdad?

Mahmoody no conocía al pescador, pero había leído en los periódicos la historia de su desaparición, recordaba que se había hablado de su familia, su mujer y sus hijos, que incluso se había organizado una colecta para echarles una mano. Luego, todo el mundo lo olvidó. Ocurría a menudo, que los pescadores se perdieran en el mar, se les averiaba el motor fueraborda y el viento los arrastraba a mar abierto, nadie volvía a verlos nunca.

—Tomy Samson es mi padre.

8. Hija.

Maureez hablaba en voz baja, un poco ronca, y Mahmoody comprendió que no solo tenía frío y hambre, también tenía miedo. Cuando se acercó, la niña se encogió en el escondite, con las manos juntas en torno a las piernas y la mata de pelo comiéndole la cara.

Dijo su «¡*Wallalowa!*» gritando, como si el anciano pudiera entenderlo. Él la miraba, sin atreverse a acercarse, apartando un poco los brazos del cuerpo. Era flaco, el viento le agitaba el pantalón en las piernas. En la oscuridad de la marquesina, los ojos le brillaban en la cara oscura, pero Maureez comprendió que era una luz más bien dulce.

—¿En qué idioma hablas, niña? —le preguntó el anciano. Maureez no se movía—. Soy pescador, como tu papá. Si quieres, puedes vivir en mi casa, estoy aquí mismo, en el puerto.

Empezó a llegar gente, mirones, personas que no tenían nada mejor que hacer, aparte de observar la escena.

—¿No tienes adónde ir? —preguntó Mahmoody.

La niña negó con la cabeza. La pelambrera revuelta le tapaba los ojos, y se la apartó hacia arriba con ademán impaciente. No quería perder de vista la silueta del anciano, vigilaba cada gesto que hacía.

Cuando Mahmoody echó a andar, Maureez se puso de pie y lo siguió dando pasitos cortos, pues por culpa del hambre y el cansancio le costaba avanzar. La casa de Mahmoody estaba justo al lado del muelle, una casa vieja de listones con el tejado de chapa. Estaba oscura, olía a pescado, a moho y a humo. Pero cuando Mahmoody le sirvió arroz en un cuenco, Maureez comió vorazmente, sin usar la cuchara, con los dedos. Hacía tiempo que no comía nada tan rico.

Mahmoody se mantuvo apartado en la penumbra, mirando cómo Maureez se atiborraba. Cuando hubo terminado, el anciano arrastró un colchón hasta una esquina del cuarto, lo más lejos posible de la puerta.

—Es la cama de mi *tifille*, cuando vivía conmigo. Ahora será tu cama.

Maureez se tumbó en el colchón y se durmió enseguida, como alguien que ha pasado días y días de mala manera. Mahmoody se marchó de puntillas para terminar su trabajo en el muelle. No le habló a nadie de Maureez. Si le preguntaban, diría que Maureez era su sobrina nieta que había ido a verlo desde muy lejos. Pero nadie le preguntó nada. Las cosas van y vienen, la gente aparece y desaparece, como el pescador que se perdió en el mar, y nadie puede hacer nada, es lo que hay.

Baladirou

El refugio del Sagrado Corazón de María es un bonito caserón blanco prendido en lo alto del acantilado, al que rodea un jardincito resguardado del viento del este y flanquea una capilla moderna con dos ventanas muy altas que la iluminan. Maureez llegó allí a principios de verano, después de las lluvias. Mahmoody habría preferido que se quedara en su casa, se había acostumbrado a la presencia de esa niña silenciosa y ensimismada que no hablaba mucho y comía por cuatro.

Pero un día, al volver a casa, Mahmoody vio delante de la puerta a una pareja que no conocía, una mujer vestida con un abrigo de polipiel rojo, acompañada por un hombre de unos cuarenta años, con cara taimada, que se mantenía algo apartado. La mujer habló a voces, reclamaba a su hija, como si Mahmoody la hubiera secuestrado y la retuviera como rehén en la cocina.

Hacía aspavientos, los transeúntes empezaron a formar corrillo. Fue entonces cuando sucedió algo increíble que Mahmoody no se esperaba. De la cocina oscura salió Maureez con los pantalones recortados por los tobillos y la camiseta dada de sí. Anduvo hacia la mujer, con los puños cerrados, el pelo hirsuto y los ojos relampagueantes. Dijo, una sola vez, con su voz baja y ronca:

—¡Vete, Lola Paten!

La mujer retrocedió, con la mitad del cuerpo echada hacia atrás, dispuesta a salir huyendo. Al cabo de un instante se marchó tirando del hombre a rastras y profiriendo amenazas; Maureez no añadió nada, parecía el ángel exterminador, eso fue lo que Mahmoody se imaginó más tarde, tenía en la voz toda la fuerza de la justicia divina. Después del incidente, Mahmoody decidió llevar a Maureez a un lugar donde estuviera segura, lejos de sus verdugos.

Así fue como Maureez Samson llegó a Baladirou.

Cuando entró en la espaciosa sala del refectorio, Maureez vio a las monjas. Estaban de pie, en fila, como para recibir a un huésped de categoría, eso fue lo que pensó Mahmoody, que se mantuvo apartado detrás de Maureez. La muchacha no pensó lo mismo, se sentía demasiado intimidada para pensar nada en absoluto. Estaba allí, vestida con la ropa remendada, casi sin peinar, con los brazos caídos a ambos lados del corpachón, sin poder pronunciar ni una palabra. Mahmoody dijo cómo se llamaba, una sola vez, luego se retiró andando hacia atrás y salió de la sala.

Las monjas se acercaron, algunas sonreían, otras miraban a Maureez con curiosidad. Estaban al tanto de su historia. Habían oído palabras terribles, el incesto, los golpes, la maldad de la madrastra y las borracheras de su compadre. Sabían que era un caso. Hicieron un solo comentario:

—Puede quedarse con nosotras, la cuidaremos bien.

No hacían falta palabras de bienvenida. La monja de mayor edad se acercó y cogió a Maureez de la mano.

—Me llamo Saint-Jean-de-la-Lumière.

Pronunció el nombre de cada una:

—Simone, Jean-Paul, Laurent, Pétronille.

Dijo:

—Cuando te dirijas a nosotras, no nos llames señora, sino hermana. ¿Lo entiendes?

Iban vestidas con un hábito largo azul cielo y tocadas con un velo blanco. Eran todas guapas, incluso la hermana Simone, con su narizota. La hermana Saint-Jean-de-la-Lumière cogió a Maureez de la mano y la acompañaron a otra estancia, más grande, iluminada por unas ventanas muy altas. Fuera se veían las palmas que movía el viento. Al otro extremo de la habitación había un piano vertical antiguo. Las otras chicas que había en la sala tenían más o menos la misma edad que Maureez, llevaban ropa limpia, un vestido largo, o pantalones y camisetas blancos. Iban calzadas con chanclas. Había chicas muy negras de piel y otras casi blancas, una de ellas era más bien roja, con el pelo teñido de rubio. La hermana Saint-Jean no hizo las presentaciones. Solo dijo:

—Es la clase de música, vas a cantar con nosotras.

Y añadió:

—Si no te sabes la letra, basta con que hagas «hmm-hmm», ya te la aprenderás más adelante.

Luego las monjas se marcharon, todas menos Pétronille que llevó a Maureez entre las chicas. Estas se apartaron para hacerle un hueco y enseguida empezó la música.

Maureez no participó, no hizo «hmm-hmm» como le había pedido la hermana Saint-Jean. Al contrario, se quedó paralizada, con la mirada ausente y los brazos apretados contra la tripa, esperando a que terminaran las canciones. Cuando la monja le preguntó: «Y tú, Maureez, *tu connais chanter?*»,[1] Maureez la miró desafiante y empezó a entonar su canto sin pies ni cabeza, sus «*Wallalowa*» y todos los sonidos que sabía hacer con la garganta, los *shsht,* los *kkkh, warra, willooo,* hasta que la clase empezó a

---

1. ¿Te sabes alguna canción?

reírse a carcajadas. Por la tarde, después de comer, sobre las cinco, empezó la pelea. Una de las mayores agarró a Maureez por el pelo para obligarla a agachar la cabeza:

—Di que eres una *pitain*[2] —repetía con saña.

Otras llegaron por detrás y sujetaron a Maureez para derribarla. Maureez al principio apretaba los dientes, aunque se le saltaban las lágrimas del dolor. Pero se acordó de Lola Paten y de Zak, y entonces la ira se apoderó de ella. Dio rodillazos y le puso a la mayor las manos en la garganta para ahogarla. Las monjas acudieron al rescate. La que más intervino fue la hermana Simone. Era alta y fuerte, tenía manos callosas, de hombre. Repartió cachetes con prodigalidad y todo volvió a estar en orden. Maureez recibió un castigo: la encerraron en una caseta, con una manta y un cubo para hacer sus necesidades.

Por la mañana, a la hora de la oración, la hermana Saint-Jean-de-la-Lumière intentó abrir la puerta de la caseta, pero algo la bloqueaba. La hermana Simone y ella empujaron la puerta y comprobaron que Maureez había usado la escoba para bloquear el picaporte. Al fondo de la caseta estaba Maureez, acostada contra la pared, hecha un ovillo y con la manta por encima de la cabeza. No dormía, y al levantar un poco la manta la hermana Simone vio los ojos de Maureez, abiertos como platos y llenos de espanto y de ira. Se acordó de esa mirada, cuando era niña y el barco de los milicianos fue a las Chagos para llevarse a los habitantes, y su perro se quedó en la playa.

En los días que siguieron, las monjas instalaron a Maureez en el dormitorio común con las demás chicas. Era una habitación larga y estrecha con literas. A Maureez le asignaron la cama que

2. Puta.

estaba más cerca de la puerta por si las chicas volvían a atacarla. No sucedió nada. La chica mayor, que se llamaba Rhonda, debió de aprender la lección y mantenía las distancias. Se conformaba con mascullar sus palabrotas y sus vagas amenazas, pero Maureez no le hacía caso, gracias a Lola se había endurecido. Aun así, todas las noches, Maureez se bajaba de la cama y arrastraba el colchón hasta el otro extremo de la sala, lo más lejos posible de las chicas. Las primeras noches incluso intentó bloquear la puerta con una silla, pero acabó acostumbrándose. Al cabo de un tiempo, Mahmoody fue a verla. Era por la mañana, cuando las chicas estaban en la cocina ocupadas con el almuerzo, pelando patatas y cociendo verdura. Mahmoody se quedó en el umbral mientras la hermana Saint-Jean hablaba con él, pero no la escuchaba, miraba a lo lejos la silueta de Maureez, que ya se fundía en el grupo de chicas, con la cabeza gacha y el pelo sujeto con horquillas, ya no llevaba la camiseta agujereada ni los vaqueros desgastados que él conocía, iba vestida con una especie de bata gris y calzada solo con chanclas, y parecía una huérfana, como las demás.

Fueron pasando los días y Maureez se hizo a la rutina del convento. Lo que echaba en falta era estar fuera, en plena naturaleza, ir al mar. Una vez por semana las monjas llevaban a las chicas a la iglesia. Iban a pie por la carretera de la montaña hasta la encrucijada de San Gabriel, y Maureez se pasaba todo el camino mirando las piedras, los macizos de pandanos, las matas de lantana, las palmeras enanas, y localizaba lugares donde podría escaparse, esconderse, retomar la vida salvaje y hablar el idioma de Bella, para dirigirse a Tomy, más allá del horizonte, en la isla desierta donde había naufragado.

La iglesia de San Gabriel era un edificio grande de piedra volcánica, muy negro y que daba mucho miedo. Maureez no lo conocía. Había oído hablar de él alguna vez, no a Lola ni al Zak ese, que nunca iban a misa, sino a las niñas del colegio y a las maestras. De vez en cuando comentaban que había una ceremonia en San Gabriel, la confirmación, la comunión, cosas así, pero Maureez no formaba parte de ellas. Su padre nunca le había hablado de religión, no le interesaban esas cosas. Lo único que tenía era una moneda de oro, una bonita moneda que brillaba y que llevaba en el bolsillo cuando se hacía a la mar, para que lo protegiera. Un día, antes de irse para siempre, como si lo sospechara, le dio la moneda a Maureez. Le contó su historia, cómo había encontrado la moneda en la nasa de los cangrejos, una moneda que provenía del gran tesoro de isla Rodrigues que todo el mundo buscaba desde hacía mucho tiempo. Había pertenecido a los piratas, y cuando los ingleses los capturaron, prefirieron arrojar al mar el tesoro antes que entregárselo, y resultó que un cangrejo se llevó una moneda, la escondió en su nido y ahora era él, Tomy Samson, quien la tenía. Cuando se la dio a Maureez le dijo:

—Es tu amuleto de la suerte, con la moneda *to pe gagne la-chance*.[3]

Pero no funcionó, puesto que Tomy desapareció en el mar.

Desde entonces, Maureez siempre llevaba la moneda de oro encima, nunca la dejaba por ahí, sabía que seguramente se la robarían, a Lola le gustaba mucho todo lo que brilla.

Las chicas del Sagrado Corazón de María entraron en la iglesia, se colocaron en fila al lado izquierdo del altar, con la hermana Pétronille delante de ellas. Las demás monjas estaban sentadas en la primera fila, con la hermana Saint-Jean-de-la-Lumière en el centro. Tuvieron que esperar un buen rato hasta que entraron

3. La moneda te traerá suerte.

todos los fieles, había tanta gente que parte de los espectadores se quedó fuera, al sol, delante de la puerta de la iglesia. Cuando llegó el sacerdote, un hombre gordo algo colorado, vestido con casulla verde y blanca, la hermana Pétronille se volvió hacia las chicas con la mano alzada, y cuando les hizo la señal empezaron a cantar. Comenzaron por un himno con una melodía un poco lenta y triste.

Hasta que, de golpe, cambiaron de tempo y enlazaron con la canción en inglés, *Wade in the water, children*, «Caminad por el agua, hijos míos». Maureez había memorizado la letra y la música, pero no conseguía cantar con las demás. Notaba que algo se le movía por el cuerpo, algo que se le subía a la garganta. Su voz quería brotar, pero una mano poderosa la sujetaba, le comprimía los pulmones y hacía que se le saltaran las lágrimas. Las chicas cantaban en voz más baja para no tapar la de Pétronille, empezaron a dar palmas, a balancear las caderas y, al poco rato, en la iglesia todo el mundo se puso a llevar el ritmo, incluso los que se habían quedado fuera daban palmas y mecían el cuerpo, coreando la letra, «Wade in the water, wade, wade in the water, children», y Maureez oía que el corazón le latía más fuerte, la letra de la canción que coreaba la multitud debía de subir hasta el cielo, surcar el viento hasta la orilla perdida, al otro lado del océano, donde Tomy la estaba esperando.

Erin

Los meses y los años pasaron como en un sueño, y Maureez se hizo a su nueva vida con las chicas. Aprendió a ponerse en fila de a dos, a andar marcando el paso en el patio, a doblar la manta con escuadra y a arrodillarse todas las noches a la hora de la oración. Aprendió a cantar siguiendo las normas, muy tiesa, empujando con el diafragma y redondeando las notas, aprendió los ritmos, los silencios y las síncopas. La hermana Pétronille no había tardado en comprender que el coro del Sagrado Corazón de Santa María había encontrado su voz, lo había comentado a su alrededor y un buen día un sacerdote fue a escucharlo, sin que pareciese algo premeditado. Llegó en barco, desde su parroquia al norte de isla Mauricio, pasó unos días en el convento dejando que lo agasajaran y fue a la sala de música. Para la ocasión, la hermana Pétronille había lustrado el viejo piano, había colocado jarrones con ramos de flores, les había mandado a las chicas que hicieran bollos de mandioca e incluso había sacado la tetera china grande de su cesto de rafia. Cuando Maureez terminó de cantar, el sacerdote se le acercó para estrecharle las manos.

—Soy el padre Sancho —le dijo. Parecía conmovido detrás de sus gruesas gafas—. Me gustaría invitarte, tengo a mi cargo a un grupo de músicos, ¿aceptarías dar un pequeño recital en La

Salette? —Y añadió—: La Salette es mi parroquia, en el norte, un bonito lugar para la música.

Maureez, dudaba, no acababa de entender lo que era un recital. Fue la hermana Pétronille quien zanjó todos los detalles. Nada de un concierto de pago, pero exigía que todas las canciones fueran religiosas. El padre Sancho y ella se pusieron de acuerdo en el repertorio, el acompañamiento de órgano y los coros. La hermana Pétronille no quería decirlo, pero estaba emocionadísima de pensar que iban a oír a sus chicas, su coro y a su soprano fuera de Baladirou. No era un asunto terrenal, como le explicó a la superiora Saint-Jean-de-la-Lumière, sino una ofrenda celestial, y el padre Sancho apostilló: «*Ad majorem Dei gloriam*», aunque dudaba que unas religiosas reclutadas en Madagascar y en las Comores supieran mucho latín. Fijaron una fecha, a principios de verano, lo que tardaran en prepararlo todo. Y Maureez no volvió a pensar en ello, no era problema suyo. Para ella la música no era un recital, ni siquiera un coro. Tampoco una ofrenda, ¿a quién podía ella ofrecerle nada? Era una forma de estar lejos, de olvidar los malos ratos de su vida, de liberarse.

De todas las chicas de Baladirou, solo una se hizo amiga de Maureez. No era tanto una amiga, alguien con quien se comparte la vida, sino más bien una cara familiar, un apoyo, una afinidad. Se llamaba Erin, tenía dos o tres años menos que Maureez y, sobre todo, era bajita y delgaducha, seria, con la piel muy pálida, el pelo de color cobre rojo y unos ojazos de color agua verde que le llenaban toda la cara. Al principio se escondía, pero después de la pelea con la que se llamaba Rhonda, Erin se fue acercando a Maureez. Desde entonces se sentaba a su lado, siempre silenciosa, como ausente. Se sinceró con Maureez: tenían una historia común, Erin había tenido un problema con su tío materno, en isla Mauricio, donde vivía: cuando aún era pequeña, aquel hombre aprovechaba que su madre no estaba para tocarla en secreto, la acorralaba en un rincón y sus manos rebuscaban por debajo de la falda, sus dedos se le metían en el bajo vientre, le daba mucha vergüenza, pero no se atrevía a decir nada, había comprendido que si hablaba la acusarían a ella, el tío se lo había dejado muy claro, si hablaba, la policía no la creería, la mandarían a la cárcel de Beau-Bassin, con todas las chicas desvergonzadas. Erin contaba todo aquello poquito a poco, a retazos, en voz baja, como un secreto, Maureez no habló de sí misma, pero tomó a Erin bajo su protección, incluso intentó enseñarle a cantar, pero Erin era demasiado medrosa, no conseguía que le saliera nada más que un murmullo.

Día a día, la relación entre las dos chicas se fue asentando. Parecían inseparables o, para ser más exactos, Maureez sentía el lazo que vinculaba a Erin con ella, un lazo de dependencia, entre admiración, miedo y envidia, allá a donde fuera Maureez, Erin se quedaba pegada a ella, a veces incluso le agarraba el vestido, y Maureez tenía que soltarle los dedos uno a uno, como habría hecho con un niño. Normalmente, el sitio de Erin en el dormitorio estaba al fondo, cerca de la puerta, mientras que Maureez había impuesto su territorio colocando el colchón en el suelo debajo de la ventana, para ver mejor el cielo estrellado. Maureez había intervenido varias veces para proteger a Erin, cuando las chicas mayores la tomaban con ella para robarle la merienda o tirarle del pelo. Una mañana, fue Rhonda, cómo no, quien provocó la pelea, había cogido un plátano del *office* y quería obligar a Erin a tragárselo sin pelar, le aplastaba la fruta contra la boca y gritaba:

—*Manze! Manze to banane!*[1]

1. ¡Come! ¡Cómete el plátano!

Las otras miraban la escena riéndose, pero Maureez tiró a Rhonda al suelo, de un simple empellón, y la amenazó con los puños, y todo acabó ahí, pero estaba claro que las cosas no iban a quedarse así. Y, en efecto, después de aquello pasó lo de la moneda de oro. Maureez se la había enseñado a Erin, sacándola del escondite del fondo de la mochila, Erin había mirado la moneda sin atreverse a tocarla, pero los ojos pálidos brillaban de deseo. Nunca se habría atrevido a robarle a Maureez, seguramente porque le tenía miedo, pero no se resistió al placer de la traición, a menos que lo hiciera para congraciarse con su peor enemiga, y le desveló el secreto a una de las chicas para que llegara a oídos de Rhonda. Así fue, y cuando Maureez lo entendió, no pudo quedarse en el refugio. Su vida tomó otro rumbo.

Bois Noirs

Ocurrió una tarde, después del ensayo del coro con la hermana Pétronille. La visita del obispo a la ciudad había vaciado el refugio de Baladirou, las chicas estaban en el dormitorio y fuera llovía y hacía viento. Rhonda, que había mantenido las distancias después de la última pelea por Erin y el plátano, volvió a la carga. Aprovechó cuando Maureez no estaba para registrar sus cosas y, gracias a Erin, descubrió, escondida en una fundita de tela, la famosa moneda de oro del pirata. Se la enseñó a las otras chicas, acusando a Maureez de haberla robado. Todas querían tocarla y no tardó en armarse un alboroto, con las chicas gritando y la moneda pasando de mano en mano, a medida que Maureez quería recuperarla. Erin se escondió detrás de una mesa, temblando y llorando, pero eso ya no iba a cambiar nada. La ira que Maureez había ido acumulando desde que llegó al convento estalló de golpe. No gritó, no reclamó su propiedad, se abalanzó sobre Rhonda y empezó la pelea. Rhonda era más alta y más fuerte, flaca y con brazos musculosos, hacía visajes con la cara, y el pelo trenzado en la coronilla le servía de casco. Maureez se le echó encima con todo su peso y la espatarró en el suelo, la golpeó con los puños en todos los sitios donde podía dolerle, y mientras tanto la mantenía en el suelo apoyándole la rodilla en la entrepierna. La hermana Pétronille acudió corriendo, pero en esta ocasión faltaban la hermana

Simone y sus manazas. Nada podía separar a las contrincantes. Como en las peleas de perros, Pétronille fue a buscar un cubo de agua, lo arrojó sobre ambas chicas y la pelea cesó. Maureez quiso recuperar su moneda, pero Pétronille exigió confiscar el objeto del litigio. Fue Rhonda quien le alargó la moneda a la monja, y esta la miró atentamente, como si tratara de leer el nombre del propietario en el anverso. Maureez se quedó callada. No lloró, no suplicó diciendo «pero si es mía...». Con los labios apretados y los ojos hostiles miraba cómo la moneda desaparecía en el bolsillo del delantal de la monja. Hubo un momento de silencio en el dormitorio, con las internas a un lado y la hermana Pétronille al otro. Maureez se puso de pie, cogió la mochila donde guardaba la ropa vieja, no se molestó en recogerse el pelo. Pasó por delante de las chicas sin mirarlas, caminó hacia la puerta y salió. En algún lugar de la cabeza le retumbaban los gritos de las chicas, las palabras de la hermana Pétronille, las palabrotas de Rhonda, todo se mezcló con el sonido del viento en las palmas de fuera, con el tamborileo de la lluvia en el tejado de chapa. El agua caía torrencialmente en el patio, en el camino, por todas partes. Maureez se quitó las chanclas para caminar por los regueros de barro, se desvistió, arrojó la bata gris a los arbustos, se volvió a poner el pantalón agujereado y la camiseta, y enfiló la carretera de la montaña para alejarse lo antes posible del convento. Era como el día en que decidió irse de la casa de su padre, gritó la misma despedida en el idioma de Bella, *Wallalowa*, ¡vete y no vuelvas nunca!

Los caminos de tierra que llevaban a la montaña chorreaban por las ráfagas de lluvia. Después de pasarse todo el día caminando, Maureez llegó a una región escarpada, cubierta de grandes árboles. Había oído hablar de Bois Noirs a su padre, que decía que en otros tiempos los cimarrones habían vivido en la montaña para escapar de los bandidos que capturaban personas para venderlas como esclavos. Un lugar maldito, poblado de espíritus, de fantasmas o de gente sin familia. Para Maureez era el lugar donde refugiarse, lo más lejos posible de su madrastra y su amante, lejos también de Rhonda y de Erin, que le habían robado su moneda de oro. Al entrar en el bosque, Maureez sintió que la envolvía un velo de benevolencia, una especie de soplo frío que le disipaba la angustia. Pronunció el nombre de Bella porque sabía que allí, en la montaña, estaba entrando en casa de su protectora. Al final de un riachuelo, cerca del manantial, una poza la invitó a descansar. Bebió el agua fría, apartando las algas y los mosquitos que zigzagueaban en la superficie. Luego se desvistió y se lavó en el manantial, metió la cabeza en el agua, estuvo mucho rato escurriéndose la cabellera. La lluvia seguía cayendo entre las hojas de los árboles, Maureez buscó un lugar a cubierto donde pasar la noche, un hueco en la tierra entre las raíces, lo limpió con los dedos para apartar las escolopendras y los escorpiones. En la mochila encontró los trozos de pan de mandioca que llevaba días guardando en previsión de su marcha.

Se acurrucó en su madriguera, pero el frío y el ruido le impedían dormir. Para darse ánimos, empezó a cantar en voz baja, murmurando, y luego cada vez más alto, las letras que entonaban las chicas en la iglesia de San Gabriel, «Wade in the water, children, wade, wade in the water».

Era un idioma nuevo, dulce como el de Bella, formaba una ola que le subía y bajaba por encima, la mecía y la hacía rodar despacio. No conocía las palabras, pero se parecían a su idioma, podían llegar hasta su padre.

Antes de que fuera de día la despertó el ladrido de un perro. Se preparó para dar un brinco, para escapar de quienes la buscaban. Pero la voz del perro estaba lejos, perdida más allá de los árboles, aguda y débil como un cascabel. Maureez escondió la mochila entre las raíces y se aventuró en dirección al sonido, hasta que se topó con la granja. Así fue como entró en el territorio de Makaranda.

Claro está, en ese momento Maureez no sabía que era Makaranda, nunca había oído ese nombre. Se acercó muy despacito, apartando las ramas, descalza para no hacer ruido, y allí, al fondo de la hondonada, encaramada a una especie de terraza de piedra por encima del torrente, vio una casa de madera cubierta con chapa oxidada, rodeada de plantas en macetas y de flores, una casita tan pequeña y tan mona como una casa de muñecas, y delante de la casa un perro negro que la miraba, ladrando. Al cabo de un rato, de la casa salió una persona, una mujer vestida con ropa de hombre, que gritó:

—¡Cállate, Licien!

Como Maureez se había quedado quieta en su promontorio, la mujer le indicó por señas que se acercara.

—¡Ven, no tengas miedo, Licien no es malo, ladra pero no muerde!

La mujer tenía una cara amable, muy redonda, los ojos entornados y el pelo corto. Maureez pensó que parecía una obrera, pero tenía la piel clara y el pelo, gris y rubio mezclados. Volvió a hacerle señas y Maureez bajó hasta el fondo del valle. Aún no sabía si tenía que acercarse más o batirse en retirada, pero la mujer no parecía peligrosa. Además, no le preguntó a Maureez cómo se llamaba ni ninguna otra cosa, solo dijo:

—Te oí cantar anoche, tienes una voz muy bonita. —Y añadió—: Aquí, en la montaña, los sonidos llegan muy lejos, sobre todo con el viento y la lluvia, daba gusto oírte cantar.

Cogió a Maureez de la mano y la hizo pasar a la cabaña, y Maureez se tranquilizó del todo al ver que la mujer era más baja que ella, aunque tenía los brazos musculosos y transmitía una impresión de fuerza. Al mirar a Maureez más de cerca, la mujer vio que la chica estaba aterida de frío, con la ropa empapada por la lluvia, en sus ojos vio miedo, desconfianza, y puede que también un destello de ira. Siguió hablando suavemente, para tranquilizarla.

—Ven, entra en casa, puedes descansar aquí, no hay nadie, aquí solo estamos Licien y yo.

Le dijo su nombre:

—Me llamo Adèle Létan. Soy apicultura, esta casa, los bosques oscuros de alrededor, todo pertenece a las abejas, ellas trabajan y yo recolecto la miel.

En la penumbra matutina, Maureez vio hileras de tarros en una estantería, que brillaban con una luz de oro oscuro, como si el sol ya hubiese salido dentro de la cabaña. Se sentó en los peldaños, delante de la casa. Adèle volvió al cabo de un rato llevando un tazón de té hirviendo.

—Toma, bebe, te calentará el cuerpo.

Maureez fue sorbiendo el brebaje a traguitos, estaba muy caliente y muy dulce.

—El azúcar nos lo dan las abejas. ¿Te gusta? —preguntó Adèle.

Maureez asintió con la cabeza. Y luego dijo su nombre, muy bajito, como un secreto:

—Me llamo Maureez Samson.

Se quedó pensando en cómo contar su historia.

—Vengo de la costa, he andado mucho, mucho tiempo hasta llegar aquí.

Adèle se sentó a su lado con su tazón de té entre las manos.

—Ya me lo contarás todo algún día, si te apetece. Si no sabes dónde vivir, te puedes quedar aquí. Me ayudarás con las colmenas, si te parece bien. Así no tendrás que volver al lugar del que vienes.

Era fácil, Maureez no respondió, pero inclinó la cabeza y quedó todo dicho.

La vida en Makaranda (ese era el nombre que Adèle Létan le había puesto a su territorio) resultaba idónea para Maureez. Nunca se había sentido tan libre. Sin colegio, sin clases de moral ni de educación religiosa, sin perras ni lobas como en Baladirou. ¡Y tan lejos de Lola Paten! Por las mañanas, al salir el sol, acompañaba a Adèle a las colmenas. Las abejas vivían más o menos por todas partes en los bosques, cerca de la casa, o bien más lejos, en la otra punta del valle. En realidad no eran colmenas. Eran más bien unas cajas de madera con tejado de chapa colgadas de las ramas. Algunas habían construido su propio nido, una especie de frutos grandes y negros encaramados al tronco de los árboles, a los que Adèle llamaba «los frutos del sol». Adèle se llevaba una cesta llena de brasas encendidas y un soplete de pandano. No se protegía de las picaduras, así se lo había explicado a Maureez:

—Si mantienes la calma, si les hablas o si les cantas, no te harán nada, serán tus amigas.

Le enseñó lo que había que hacer, echar el humo hacia la colmena, sacar los cuadros con las manos desnudas, muy despacio, murmurando canciones y zumbando. Las abejas se le posaban en las manos, en el pelo, le andaban por encima de la ropa. Preparó unas prendas especiales para Maureez, un pantalón viejo sujeto a los tobillos y una camisa de hombre de manga larga.

—No necesitas ponerte un pañuelo en la cabeza —le comentó—, tienes el pelo muy espeso, les va a gustar, te tomarán por un arbusto.

. De vez en cuando, alguna abeja un poco rebelde le picaba, Adèle sacudía la mano y sonreía:

—Eso también es una medicina, te protegerá del reuma.

Algo más adelante le explicó:

—Cuando mi marido se asentó aquí, hace años, le dolían mucho las rodillas, y las picaduras lo curaron.

—¿Dónde está su marido? —se atrevió a preguntar Maureez.

Adèle habló del tema solo una vez y no volvió a sacarlo:

—Mi marido se marchó, volvió a su tierra, al otro lado del mar, a Canadá. Ahora me han dicho que se ha muerto, y no hay más.

Maureez aprendió muy deprisa. Al cabo de unas semanas ya sabía retirar perfectamente los panales llenos de miel y ponerlos a escurrir en un cubo tapado con un paño, y a continuación trasegaba la miel a los tarros preparados en una estantería delante de la casa. Aprendió a subirse a los árboles para descolgar los frutos del sol, rodeada del vuelo de las abejas. Incluso se acostumbró a las picaduras, apartaba la abeja cuidadosamente, retiraba el aguijón y se ponía una gota de miel para desinfectar. Por la tarde, mientras Adèle descansaba, Maureez salía a explorar los bosques oscuros, hasta un ancho claro donde había una tumba antigua.

—Son los primeros habitantes de la isla —le explicó Adèle—, hace mucho tiempo desembarcaron aquí y crearon un pueblo, ahora ya no quedan más que las tumbas y los fantasmas.

Maureez no se encontró con ningún fantasma, pero le gustaba tumbarse a escuchar el viento en las piedras volcánicas alargadas que el sol había calentado. En lo alto de la montaña, a través de los árboles, atisbaba el mar que relucía, la franja de espuma a lo largo del arrecife y los islotes blancos. Hablaba con Bella, y también con Tomy, en su idioma, puede que el viento del este llevara sus palabras hasta ellos, al otro lado del mar, hasta Mozambique.

Dos veces por semana, Adèle se iba cargada con una bolsa de pandano llena de tarros de miel para venderlos en los hoteles y en la ciudad. No le pedía a Maureez que la ayudara, sabía que la muchacha evitaba las relaciones, tenía miedo de encontrarse con su vida de antes. Adèle solo le dijo:

—Un día iremos juntas a oír cantar.

Como Maureez la miraba preocupada, Adèle le explicó:

—Si quieres, iremos juntas, es en una iglesia pequeñita del bosque que está cerca de aquí, no te encontrarás con las personas a las que no quieres ver.

—¿Qué cantan allí? —preguntó Maureez.

—Creo que te gustará. Hay canciones en inglés, las canciones de los esclavos, como la que cantas a veces en el bosque, «Caminad por el agua, hijos míos, caminad por el agua».

Adèle no se lo había dicho a Maureez, pero cada vez que la muchacha cantaba, en algún lugar de la montaña, ella se acercaba sin hacer ruido para escucharla.

—Ahora, con toda la miel que comes aquí, tendrás la voz aún más dulce —bromeó Adèle.

A Maureez le gustó el cumplido porque era verdad, también cantaba para las abejas, los insectos formaban corro a su alrededor, al pie de los árboles, y se le posaban en las manos y en la ropa cuando cantaba.

Una noche, antes de dormir, Maureez se lo contó todo a Adèle. Cómo su padre se había hecho a la mar para no volver nunca, y la vida en la casa, la madrastra que le pegaba por cualquier cosa y, sobre todo, él, Zak, un pervertido que había jurado acostarse con ella. Adèle la escuchó y no dijo nada, se limitó a rodear con sus brazos el cuerpo de Maureez y la abrazó muy fuerte. Más tarde, le murmuró al oído:

—Eres mi *tifille,* para siempre.

Ocurrió un sábado. Adèle se puso el vestido bonito azul oscuro, un sombrero de paja, las sandalias nuevas, y caminaron, Maureez y ella, montaña abajo, por los senderos que bordean los arroyos. Hacía una hermosa mañana, y el sol ya quemaba en un cielo sin nubes. Llegaron a un claro, al final del bosque, donde había una chocita blanca corriente, con tejado de chapa oxidada.

—Aquí es donde van a cantar —dijo Adèle.

Maureez vaciló al ver a la gente apiñada delante de la casa, hombres y mujeres endomingados, con niños que jugaban en el patio de tierra roja.

—Ven, no temas nada —dijo Adèle—. Nadie te va a preguntar nada, ni siquiera cómo te llamas. Aquí no hay curiosos, solo amigos.

La casa ya estaba llena, pero Adèle se fue colando con Maureez de la mano y se sentaron en la primera fila. Había algunas chicas de la edad de Maureez, pero la mayoría eran personas más bien mayores, hombres vestidos con pantalón negro y camisa blanca, mujeres con vestido oscuro como Adèle y tocadas con sombrero de paja o pañuelo. Hubo un silencio muy largo. Maureez se preguntaba cuándo iba a empezar todo y, de golpe, las voces se alzaron. Era una canción que Maureez no conocía, muy bajita al principio, en sordina, y poco a poco llegó la música, una música de piano que tocaba un hombre, medio oculto detrás del grupo, y las voces lo acompañaron, balanceándose al ritmo de las manos, todos los cuerpos en movimiento. En la parte de delante una chica cantó más alto que los demás, con una voz no muy firme, un poco grave, y todos los asistentes repetían la letra. Maureez escuchaba la canción, con la cara vuelta hacia la cantante, notaba cómo la voz le subía por dentro, las palabras acudían a sus labios, un raudal que le desbordaba del corazón y le fluía por las venas. Las canciones se fueron sucediendo, llenaban la casa angosta y se desbordaban hasta el exterior, y el sonido de las manos debía de oírse por todo el bosque, hasta la costa, un sonido, una música para subir hasta el cielo, para cruzar el mar y alcanzar otros mundos.

En un momento dado, la asamblea dejó de cantar y Adèle cogió a Maureez de la mano y la condujo delante del altar, donde estaban los cantantes. Solo dijo:

—Ahora te toca a ti, canta tu canción, la que cantas todas las tardes en el bosque.

Empezó a sonar la música y Maureez reconoció los primeros compases de *Wade in the water*, la canción de los esclavos cimarrones a los que Harriet Tubman guio por los pantanos, los hombres y mujeres de la primera fila de cantantes dejaron alzarse un murmullo muy suave, y las palmas empezaron a marcar el ritmo lento, el balanceo, el cuneo de la canción.

Wade in the water, wade in the water, children, wade in the water,
  God's a gonna trouble the water.
See that host all dressed in white, God's a gonna trouble the water.
The leader looks like the Israelite, God's a gonna trouble the water.
See that band all dressed in red, God's a gonna trouble the water.
Looks like the band that Moses led, God's a gonna trouble the water.

If you don't believe I've been redeemed, God's a gonna trouble the water.
*Just follow me down to Jordan's stream, God's a gonna trouble the water.**

* Caminad por el agua, hijos míos, caminad por el agua, Dios enturbiará el agua. / Mirad a vuestro guía, vestido de blanco, Dios enturbiará el agua. / Vuestro guía se parece a los israelitas, Dios enturbiará el agua. / Mirad a esa orquesta vestida de rojo, Dios enturbiará el agua. / Se parece al pueblo de Moisés, Dios enturbiará el agua. / Si no creéis que me he redimido, Dios enturbiará el agua. / Seguidme por el río Jordán, Dios enturbiará el agua. (N. del A.).

Cuando terminó de cantar, Maureez se apartó del grupo, tambaleándose, se sentía agotada, tenía la piel y la cara sudorosas, se apoyó en el hombro de Adèle. Lo había dado todo, por primera vez en su vida, dejando que la música la llevara, la arrastrara. Los parroquianos se quedaron un momento en silencio, y a continuación el hombrecillo que había acompañado la canción al piano se le acercó; solo le dijo su nombre, Michael, y le dio un beso, sin añadir una sola palabra, también él parecía conmovido, enajenado, estrechó las manos a los fieles, le estrechó las manos a Adèle, y la multitud se cerró en torno a él mientras Maureez huía y se encaminaba hacia la puerta, sin escuchar, sin mirar a nadie. Con la mano aferrada a la de su acompañante. Más tarde, Adèle comentó:

—Un ángel ha bajado a nuestra iglesia. —Y añadió, para que Maureez no sintiera que le crecían alas—: ¡Con toda la miel que has comido!

Después de aquello la vida de Maureez cambió y, en cierto modo, también la de Adèle. Todas las semanas, acompañaba a Maureez a la chocita blanca y allí, con el pianista y el grupo de cantantes, Maureez aprendía nuevas canciones, nuevas letras. Su timidez inicial se había esfumado. Ahora se sentía segura de sí misma, de lo que tenía que hacer con su vida. No habría nada más que la música, el canto y los himnos. Aprendía a respirar, a empujar la voz con la tripa. Aprendía las notas, el pianista la corregía, le hacía repetir, otra vez, y otra, cuando desafinaba o forzaba la voz. Le ponía la mano en el pecho:

—Tienes un instrumento, aquí, no es solo una voz, es tu instrumento de música.

Había intentado enseñarle a leer las partituras, la de Odetta Holmes que cantaba *I feel like a motherless child,* o la de Mahalia para *Swing low, sweet chariot*, pero Maureez no lo conseguía, miraba el papel y luego cantaba otra cosa, se inventaba palabras, alzaba el vuelo ella sola por encima del coro. El inglés era como el idioma de Bella, fluía solo sin necesidad de traducirlo. El músico había comprendido que era inútil, solo tenía que ponerle a Maureez la pieza que llevaba grabada en el móvil, luego él se sentaba al piano y Maureez se apropiaba de la canción, la transformaba, la volvía deslumbrante. Y cada sábado acudían más fieles a la iglesia, llegaban desde lejos, desde la capital y había hasta gente de paso que iba a escuchar al ángel.

El nombre de Maureez empezó a circular por la isla, incluso entre la gente que no creía en nada o entre aquellos a los que no les gustaba la iglesia de Bois Noirs, gente que solía desdeñar lo distinto y desconfiaba de la religión de los montañeses. Junto con la afluencia de gente, llegó la abundancia; Michael recibía dinero, provisiones, regalos, y su mujer, Michelle, se encargaba de almacenarlos en un cuartito al lado de la iglesia, una caseta cerrada con una puerta metálica. Maureez recibió un bonito vestido blanco de tela liviana, pero tuvieron que abrirle la espalda para que le entrara. En cambio, seguía negándose a ponerse un sombrero de paja como las parroquianas porque el pelo no le habría cabido dentro. Michael se abstenía de hacer comentarios, pero su mujer insistía:

—Esa niña parece una salvaje, cualquiera diría que ha crecido en el bosque.

Adèle zanjó el tema:

—Es que lo es, es una salvaje, creció sola, no ha tenido familia.

Ahora todo el mundo conocía la leyenda del pescador que había desaparecido en el mar. Un periódico incluso contó la historia añadiendo detalles imaginarios, que a Maureez la habían salvado de un naufragio, que la había rescatado un buque de guerra inglés que surcaba esas aguas. En la sucesión de noticias falsas, un periodista, a falta de otros contenidos, escribió que la familia real de Inglaterra estaba al tanto de la historia de Maureez y que incluso la reina Isabel había enviado una carta al Gobierno para ofrecerle a la desafortunada joven que fuera a estudiar a Londres.

Maureez no hacía caso de esos rumores. Cuando terminaba de ensayar se quitaba el bonito vestido blanco, se enfundaba el pantalón sujeto a los tobillos y la camisa de trabajo de manga larga, y se iba corriendo al valle de Makaranda para ocuparse de las abejas. Por el camino a veces la acompañaba un muchacho que debía de tener la misma edad que ella, pero que parecía endeble y tímido; apenas le decía unas pocas palabras para saludarla y despedirse, iba a paso ligero a su lado como un perrillo; él era el único a quien Maureez toleraba. Cuando Adèle le preguntó a Maureez cómo se llamaba, ella se encogió de hombros:

—Ese se llama Peque.

Que era como decir «Nadie». No era peligroso.

Una tarde, al volver de la casa blanca, Maureez vio a unos intrusos delante de Makaranda. Por el color claro de los vestidos, Maureez reconoció a las monjas. Se escondió detrás de los árboles, esperó a que las visitantes se marcharan, pero el corazón le latía más deprisa, porque era un trozo de su vida anterior que prefería olvidar.

—¿Qué querían?

Adèle titubeaba:

—No querían nada, han venido a verte, eso es todo.

Pero se notaba que no lo estaba contando todo:

—¿Han venido para llevarme otra vez con ellas? —insistió Maureez.

—Han oído que ibas a nuestra iglesia y les gustaría que volvieras allí, a Baladirou, para cantar con las chicas. Pero puedes hacer lo que quieras.

Maureez permanecía en silencio, con una expresión impenetrable en el rostro.

—Ah, sí, también han traído algo que es tuyo.

Adèle abrió la mano y Maureez vio brillar la moneda de oro del pirata.

Maureez cogió la moneda y la guardó con sus cosas. Al día siguiente decidió ir a Baladirou. Dobló el bonito vestido blanco en una bolsa de pandano, con su provisión de miel. Adèle miró cómo se marchaba. No se atrevió a preguntar: «Pero ¿vas a volver?». Ahora Maureez era libre, nadie esperaba absolutamente nada de ella, excepto que cantara. Ya no pertenecía a nadie.

La Salette

En la cubierta del barco, Maureez miraba cómo se alejaba la costa de su isla. Nunca se había imaginado que saldría de su tierra, que iría más allá de los islotes del atolón, a alta mar. El barco cabeceaba mucho, Maureez no tardó en marearse. Le habría gustado quedarse en el salón con Michael, pero el aire era sofocante y estaba impregnado de un olor a fuel que provocaba náuseas. De hecho, Michael estaba postrado en un sillón, con una bolsa al alcance de la mano, preparada para vomitar. En cubierta, a estribor, el viento soplaba menos fuerte, las salpicaduras de las olas pasaban en forma de nubes veloces y la vibración trepidante del motor sacudía el barco, pero era mejor que estar encerrada. Se hizo de noche y el cielo se llenó de estrellas que oscilaban y rodaban al ritmo de las olas. Maureez se quedó en cubierta hasta el amanecer, para ver aparecer la costa de isla Mauricio, una franja gris coronada de nubes. Luego las islas se desgajaron del horizonte y el sol encendió relámpagos en la costa, donde estaban los tejados de chapa y los cristales de las casas. Michael salió del salón, con cara mustia, y se acodó en la borda. Parecía estar aún más ansioso que Maureez, y aun así fue él quien repitió:

—*Péna problème, tout correct,*[1] tedremos un buen recibimiento, mi cuñada nos está esperando en el muelle.

1. No hay problema, todo irá bien.

Desembarcaron a última hora de la mañana con un calor asfixiante, y el taxi condujo al grupo hasta Triolet, a casa de la cuñada de Michael. El concierto estaba previsto para el domingo siguiente.

La Salette era una bonita iglesia de piedra negra con las vigas pintadas de gris, en medio de las cañas. Las puertas estaban abiertas desde por la mañana y los fieles se apretujaban para entrar. El coro lo formaban muchachas criollas con vestido oscuro y Maureez se situó un poco apartada; su vestido formaba una mancha de luz, como la flor de una cala, pero no llevaba sombrero, y la cabellera negra se le desplegaba en torno a la cabeza, tan insolente como de costumbre. En la primera fila de los asistentes, Maureez vio a una señora mayor, con vestido azul, que la observaba sonriendo. Se les cruzó la mirada un instante. Maureez había aprendido a comportarse delante de la congregación, a fijar la vista algo por encima de las caras, algo hacia la izquierda, como Michael le había dicho que hiciera. Cuando la música empezó a sonar en el armonio, al principio de la ceremonia, Maureez cerró los ojos, respiró hondo y llenó los pulmones para coger fuerzas. Las chicas comenzaron a cantar despacio, con voces graves, balanceando los hombros, con los pies bien pegados al suelo, y los asistentes también se pusieron en marcha, lenta y suavemente, acompañando la voz del coro. Maureez abrió los ojos y miró a Michael, que estaba de pie delante de ella, en la primera fila de fieles. No tuvo ni que alzar la mano: en el momento exacto, cuando la ola se retira, la voz de Maureez tomó el relevo, en sordina al principio, y luego cada vez más alta, y estalló en el espacio de la iglesia, mientras los fieles se ponían de pie y daban palmas. Cantó todos los himnos que había aprendido en la iglesia de Bois Noirs, en inglés, las canciones de los trabajadores y las de los viajeros, las canciones de sublevación y de amor de Odetta Holmes, la canción de los fugitivos, *Wade in the water*, las letanías a la Virgen negra, el himno a la Virgen de Pergolesi, y *Man That Is Born of a Woman* de Henry Purcell, y, cómo no, el *Ave Maria* de Schubert, aunque esa canción era demasiado dulce para ella, y después siguió con la canción de Kim Ah-jung que había oído en el móvil de Michael, *Maria!*

Aquella canción era su historia, la historia de una niña abandonada y demasiado gorda, que se libera gritando su nombre, «¡Ave! ¡Ave Maria!». Maureez la cantó en coreano, se había aprendido la letra de memoria, se acordaba de todo porque tenía una memoria excepcional para los idiomas, eso había dicho Michael, que había aceptado esa canción, aunque no fuera del todo religiosa, y además el tráiler de *200 Pounds Beauty* contaba una historia de amor. Michael había dicho:

—El amor es un regalo de Dios.

Para terminar, Maureez cantó una última canción, el *blues* de Dena Mwana en francés y en lingala, la letra de esa canción también hablaba de su vida, del amor que sentía por su padre perdido en el mar:

Si la mer se déchaîne
Si le vent souffle fort
Si la barque t'entraîne
N'aie pas peur de la mort
Si la barque t'entraîne
N'aie pas peur de la mort
Il n'a pas dit que tu coulerais
Il n'a pas dit que tu sombrerais
Il a dit
Allons sur l'autre bord
Allons sur l'autre bord

Il n'a pas dit que tu coulerais
Il n'a pas dit que tu sombrerais
Il a dit
Allons sur l'autre bord
Allons sur l'autre bord[2]

Maureez continuó la canción en la lengua africana, las palabras fluían como en la lengua de Bella, la asistencia las coreó y retumbaron en la bóveda gris de la iglesia:

Um'ulwandle
Luda'lulwa
Akotika Yo ata Mokolo Moko tse
Nhliziyo yam'
Bwaka miso na yo likolo
Ungasabi
Epayi ya Tata
Kosoze'yena, Matondo oh
Akushiye'yena, Matondo oh
Akosoze'yena, Matondo Yaya
Matondo oh, Matondo, Matondo Yaya!

y cuando los asistentes repitieron aquellas palabras, «Matondo, Matondo, oh», cuando el armonio repitió el raudal de la música,

2. Si la mar se desata, / si el viento arrecia, / si la barca te arrastra, / no temas a la muerte. / Si la barca te arrastra, / no temas a la muerte. / Él no ha dicho que te fueras a hundir, / Él no ha dicho que fueras a naufragar, / Él ha dicho: / vamos a la otra orilla, / vamos a la otra orilla. / Él no ha dicho que te fueras a hundir, / Él no ha dicho que fueras a naufragar, / Él ha dicho: / vamos a la otra orilla, / vamos a la otra orilla.

más alto, más fuerte, y redobló y retumbó entre las paredes de la capilla, Maureez notó que se le saltaban las lágrimas.

La canción se extinguió, Maureez estaba agotada, tambaleante, una muchacha llamada Alix le acercó una silla, Michael también acudió, y los fieles salieron de la iglesia despacio, como a regañadientes. El padre Sancho, vestido con la túnica blanca y verde, se acercó, le estrechó las manos a Maureez, tenía los cristales de las gafas empañados. En ese momento, Michael se apartó, no creía mucho en el ecumenismo.

En el jardín de la iglesia, la mujer que Maureez había visto al entrar, sentada en primera fila, la estaba esperando. A su lado había periodistas haciendo fotos, y cuando Maureez quiso alejarse, la mujer la alcanzó y la cogió de la mano. Tenía una cara cordial y una sonrisa amable. A su lado, un hombre de pelo gris se inclinó hacia Maureez y le entregó una tarjeta de visita en la que había escrito su número de móvil. El padre Sancho le explicó:

—Es la princesa Cristina de Suecia.

El hombre del pelo gris le dijo con su voz grave y su acento extranjero:

—Si le apetece venir a Suecia, a la escuela de Upsala, haremos lo necesario para facilitárselo, podrá estudiar y enseñar música.

—Y añadió—: Soy el cónsul de Suecia, podría ayudarla con la documentación.

Maureez le dio las gracias, le hizo una reverencia a la princesa y se fue corriendo para alcanzar a Michael y el taxi. Se sentía muy cansada, también un poco amarga, estaba deseando tumbarse en una cama y dormir, dormir. Y quizá soñar.

Esa noche Maureez eligió convertirse en mujer. Al quitarse el vestido blanco, vio la estrella roja estampada en la tela. Las chicas de Baladirou le habían hablado de ello, algunas ya menstruaban desde hacía mucho. Maureez lavó el vestido con agua fría, se rellenó las bragas con papel higiénico y al día siguiente fue al Winner's a cambiar un tarro de miel por una caja de tampones. La cajera quiso sacarse una foto junto a ella con el móvil. Las noticias volaban, ese mismo día la cuñada de Michael les mostró la primera plana de *L'Express*, ¡una imagen con el siguiente pie: «La princesa y la Diva»!

Las estrellas

A Maureez no se le había ocurrido que el regreso sería así. En el angosto muelle, el mismo donde conoció a Mahmoody tiempo atrás, había gente esperándola. Mujeres, niños, pescadores. A las colegialas les habían dado permiso para faltar a clase. Bajó por el portalón cargada con la bolsa de pandano donde llevaba el vestido y el móvil de Michael, y otra bolsa rebosante de recuerdos, y enseguida el Peque de Bois Noirs acudió para ayudarla a llevar el equipaje, todos los regalos que había recibido en La Salette, los ramos de flores blancas y rojas, las canastas de guayabas, los bollos. Por culpa del tampón, Maureez tenía unos andares cómicos, con las piernas un poco separadas, pero la cuñada la había consolado antes de irse:

—Te acostumbrarás, como todas las mujeres.

Por la noche, en el barco, había vuelto a mirar el cielo estrellado, le parecía que habían trascurrido meses y años desde que saliera de su isla. Por encima del muelle, la bandera de la autonomía de isla Rodrigues ondeaba al viento, adornada con esa ave solitaria tan rara de cuello demasiado largo, que parecía una oca blanca sobre fondo azul. En algún lugar entre el gentío, al pasar por el camino, divisó a Lola Paten, vestida con su chándal rojo. De pronto la mujer le pareció pequeña, vulgar, sin maldad alguna en los ojos, sin nada amenazador ni insultante, y era como si nunca la hubiera conocido, o como si esa mujer reapareciera después de un ataque de amnesia, insignificante, más bien ordinaria e inofensiva.

Esa misma noche, Maureez dejó a Adèle en Makaranda, sola con Licien, y se encontró con Peque en la playa, en Anse Bouteille. Allí, un grupo de jóvenes había encendido una fogata con madera de deriva y hojas de palmera; bebían cerveza, y cuando el sol se zambulló en el mar, se pusieron a tocar la *ravane*.[1] Las chicas empezaron a bailar, como si llevaran falda, aunque en realidad iban todas con vaqueros y camiseta de tirantes, descalzas en la arena gruesa. El sonido de los tambores redoblaba, retumbaba en los acantilados, se mezclaba con el sonido de la resaca. El fuego ardía intensamente, lanzando hacia el cielo nubes de chispas. Maureez pensó que en ningún otro lugar del mundo, ni siquiera en Upsala, podría haber tenido una fiesta mejor. Las pavesas rojas salían volando hacia las estrellas, caían y volvían a subir con el viento, y la *ravane* se mezclaba con su vuelo, y los gritos de los chicos estallaban, como aves nocturnas, repitiendo «¡A-ha! ¡A-ha!» para levantar los pies de los que bailaban. Maureez se había quedado sentada, descalza en la arena, mirando las llamas que ondulaban como mujeres. En un momento dado se le ocurrió cantar su *Ave Maria!*, pero lo que le salió de la garganta fue el idioma de Bella, por primera vez ya no era solo para ella, era para todo el mundo, y Tomy quizá podría oírlo allá donde estuviese, al otro lado del mar.

El fuego se fue apagando poco a poco, con el chisporroteo de las últimas brasas de palmas, los insectos dejaron de remolinear. Maureez se había tumbado en la arena húmeda y se había puesto

---

1. Pandero mauriciano.

a soñar despierta, el largo viaje de su vida estaba empezando, de ciudad en ciudad, de canción en canción. Le apretó la mano a Peque, que estaba a su lado, con la cabeza apoyada en la *ravane* como si fuera una almohada, y no tuvo que mirarlo para saber que ya se había dormido.

Camino luminoso

La niña camina. Desde hace días, semanas, meses. Lleva a Juan cogido de la mano, se la aprieta mucho, como si fuera a escaparse. Pero él no trata de huir. Puede que al principio, cuando iban carretera abajo hacia la costa, se diera la vuelta un par de veces para mirar. Entre las colinas, el campamento de los hermanos Palomino, donde están encerrados los niños esclavos. «Ven, ¿qué quieres? No vas a verlos nunca más». ¿Entiende Juan qué significa «nunca más»? Tiene esa cara de susto, un mohín muy feo, como si fuera a llorar. Con nueve años, un chico no debe llorar, eso piensa ella. No lo dice porque él no lo entiende. Nació así, sin saber qué significan las palabras. Solo dice «¡Ha! ¡Haha!» o, cuando está contento, «¡Babu!», que no significa nada. Mejor que no hable. Quizá solo sepa la lengua de su pueblo, la lengua asháninca. Chuche está convencida de que, si habla, dirá tonterías. Los pillarán. En el campamento, Juanico cuida de los animales de la granja, los cerdos y los pavos. Vive, come y duerme con los perros, y por eso sabe su idioma. Habla como ellos. «¡Ha! ¡Haha!». Cuando le preguntan algo, contesta en el idioma de los perros, «¡Haha!», y a los demás les entra la risa, se dan una palmada en la frente. Han tomado la carretera del norte, Chuche recuerda que esa fue la carretera que siguió su tía Cilia, cuando se marchó del pueblo de Huayllaga. No volvió a dar señales de vida y todo el mundo pensó que había llegado allí, al otro lado. O bien que se había muerto, lo que viene a ser lo mismo. Así que caminan todos los días, sin pararse. Comen lo que encuentran, lo que les dan. Las migajas que se caen de las mesas en los mercados. Les tiran trozos de pan, los riegan con los cacillos de caldo. Ellos pasan, se escurren entre las piernas, esquivan los golpes, los brazos, las manos, nunca miran a los ojos. Los ojos son peligrosos, si Chuche mira a los ojos, cae en la trampa. Camina, corre, y luego camina, siempre con Juanico cogido de la mano. Están huyendo. Dejan atrás las carreteras, los puentes, los ríos. Cruzan las fronteras. La última frontera fue la de Palomas, y los pillaron. La Migra los detuvo en el fondo de la camioneta, a Chuche le pusieron las esposas de plástico, pero a Juanico no le hicieron nada porque se ríe y grita: «¡Babu!». Durmieron en el suelo, en el cemento manchado de meados, con los demás niños, encerrados en una jaula. Por la mañana les dieron café y pan Bimbo. Pero para Chuche eso no era nada. En Huayllaga se escapó del campamento donde estaba encerrada con los demás niños, se pegó al suelo y fue reptando por el barro hasta la selva, corrió hasta el fondo del valle. Abajo se encontró con el chico que iba por ahí solo y sin rumbo, lo cogió de la mano y fueron río abajo, escondiéndose entre los juncos. Igual que ahora camina por el río, al alba, cuando aún está todo el mundo dormido. Hace una hora se cruzó con un grupito de hombres, no le dio tiempo a esconderse. Ellos se pararon, le hablaron en una lengua que no entiende. Se quedó de pie delante de ellos, sin moverse, mientras seguía apretándole la mano a Juanico. Él, como siempre, dijo: «¡Haha!». Chuche reconoció a uno de los hombres, el teniente de los hermanos Palomino, un tipo más bien flaco con las cejas enmarañadas y los ojos muy verdes. Lo llaman Camarada Felipe, pero su mote es Pico, porque tiene el pelo rojo, del color de la salsa. La violó todos los días, decía que Chuche era su noviecita, ella reconoce de sobra esa cara y esos ojos, no puede olvidar su mirada cuando va por ella al dormitorio de los niños y la agarra del brazo, y ella anda despacio hacia la salida, hasta la cabaña donde amontonan las hojas de coca, y allí la toma brutalmente, sin decir una palabra, y luego la lleva de vuelta, y los otros niños no se mueven, hacen como si no hubiesen oído nada. Un día, Pico se quedó mirándola y le puso la mano en la tripa:

—¿Hay algo ahí dentro?

—No sé —dijo Chuche.

—No sé, no sé, ¿eso es todo lo que puedes decir? —También dijo—: Está bien, nos quedamos con todo lo que nos des. —Y luego—: No se lo cuentes a nadie, ¿eh?

Chuche sabe que Pico tiene miedo de los hermanos Palomino, si se enteran de que se acuesta con una chica, le darán una paliza y lo mandarán a otro sitio, donde hay guerra. Sabe de sobra que hay chicas que han tenido niños en el campamento y ahora son esclavos. Así fue como decidió escaparse.

Mira al hombre y nota cómo le late el corazón en el cuello, no la deja respirar. Puede que no sea él, ¿cómo podría estar ya aquí, al otro lado? Después, los hombres se alejan. Por un instante, Chuche no puede seguir andando, le tiemblan las rodillas, vomita de golpe en el suelo. Juanico la mira sin moverse. Chuche se limpia la boca con la mano y vuelve a caminar bordeando el río. Piensa que esos hombres van a devolverlos al campamento de la montaña, para ponerlos a trabajar en los campos de coca. Piensa que todo podría empezar de nuevo. Pico la llevará a la cocina y la empujará encima del montón de hojas. Los hombres se han marchado, han ido río abajo, ni siquiera se han girado. Chuche le aprieta la mano a Juan, se imagina que, si los hombres no se han detenido, ha sido gracias a él, porque han visto que Juanico es un indio. No sirve para nada, solo para dar de comer a los cerdos y ladrar a los perros. Los guerreros de Huayllaga no podrían ponerlo a trabajar. La Migra ni siquiera se enteró cuando Chuche y el chico se escabulleron por debajo de la alambrada de la jaula, en el punto por donde pasa la tubería de las letrinas. Hay que ser muy menudo y muy flaco y muy ágil, y eso es lo que son Chuche y Juanico. Ágiles como lagartijas. Ahora a Chuche le cuesta escabullirse por debajo de las alambradas porque se le ha abultado mucho la tripa. Cuando camina, tira de ella hacia delante, suena como una cantimplora llena de agua. Cuando tienen demasiada hambre, mascan hojas de coca. Beben agua del río. Chuche esconde los paquetes de hojas debajo del jersey, nota el calor de las hojas en la piel, está bien porque hace frío. A mediodía el cielo está de un azul magnífico por encima del valle, por encima de las colinas pedregosas. En la ribera no hay nadie. No se parece en nada al valle del Apurímac.

Ayer por la mañana, o antes, los niños se cruzaron con un coyote, el animal avanzaba dando saltitos por las piedras, se detuvo a mirarlos y luego siguió su camino. Juanico gritó: «¡Ba-bu-baa!», como siempre que está feliz. No significa nada en ninguna lengua, pero a Chuche le gusta que grite, así cree que todo va bien, que ya no hay peligro.

Juanico ha comprendido que Chuche está esperando un niño, por la noche le apoya la cabeza en la tripa para escuchar. ¿Qué oirá? Chuche se pregunta si podrá entender el lenguaje de los bebés cuando aún están en la tripa de su mamá. Debe de ser un lenguaje muy dulce, porque Juanico se queda mucho rato escuchando y luego se duerme, y Chuche le pasa los dedos por el pelo rizado.

Le canturrea la cancioncita que le cantaba su tía cuando era pequeña:

Van van los inditos de San Juan.
Piden pan y no les dan.
Piden queso y les dan hueso.[1]

Cuando canta, el niño deja de moverse dentro de la tripa, y a Juanico también debe de gustarle porque ronronea, diciendo de tanto en tanto «¡Haha!». Cuando estaban en la jaula de la Migra, unos hombres fueron a hacerles preguntas, pero Chuche no contestó. Hablaron entre sí en su idioma mirando al niño y a la niña, y acto seguido fueron a buscar a la mujer de uniforme. Chuche sabe que no hay que decir nada. Cuando se marchó del campamento de Huayllaga, tiró toda su documentación, el carnet de identidad y hasta el dinero que le daba Pico cuando se acostaba con ella. Para que no te pillen, hay que viajar limpio. Antes de que los guerreros la raptaran, junto con los demás niños del pueblo, su prima Ana se lo había explicado todo. Ahora la que acude a verlos es una mujer, es gorda y fea, pero parece amable, aunque Chuche sabe de sobra que no hay que fiarse. La mujer pregunta cosas, tiene un acento raro, Chuche no puede hacer como que no la entiende.

—¿De dónde sois, niños?
Chuche se encoge de hombros.
—De allí.
Señala el otro lado de la carretera.
—¿Cómo te llamas? ¿Y quién es él?
—María —dice Chuche—. Él es mi hermano, se llama Babu.
—¡Babu! —repite el niño.
La mujer asiente con la cabeza.
—Y ¿de dónde sois, niños? ¿Cómo se llama vuestro pueblo?

1. En castellano en el original. *(N. de las T.)*.

—San Juan —dice Chuche. Por la canción.

La mujer dice casi gritando:

—¿San Juan? ¿Sois de Puerto Rico?

—No sé —dice Chuche.

—Y vuestros padres ¿dónde están?

—No sé —dice Chuche.

—¿Os está esperando alguien aquí?

—Está mi prima Ana —dice Chuche.

—¿Dónde está tu prima? ¿En qué ciudad?

—No sé —dice Chuche.

La policía los mira como si estuviera pensando en otra cosa. Al final se incorpora y se sacude el polvo del pantalón del uniforme.

—Mañana nos ocuparemos de vosotros. Vamos a traeros mantas y algo de comer.

Al cabo de un rato vuelve con una botella de Coca y unos bocadillos.

El niño bebe primero, luego limpia el gollete y le pasa la botella a Chuche.

La mujer los observa. Tiene cara triste. Sigue diciendo:

—María. Mañana os vamos a llevar al centro. Si tienes el número de teléfono de tu prima, la llamaremos.

Se inclina hacia Chuche como si fuera a tocarla y Chuche se aparta. Le dice en voz baja:

—Si te escapaste de casa por esto, fue una mala decisión.

Se refiere a la tripa abultada de Chuche. Chuche tira de la camisa para tapársela. No mira a la mujer a los ojos. Prefiere mirarse la punta de los pies, las playeras destrozadas de tanto andar. El niño está sentado detrás de ella, balanceando el torso adelante y atrás, como un columpio. Siempre lo hace cuando está intranquilo.

—Hasta mañana —dice la mujer.

Tienen que escaparse de la jaula esa misma noche. Si no, los devolverán al campamento de Huayllaga y los entregarán de nuevo a los guerreros. La entregarán de nuevo a Pico. Antes muerta.

El valle del río grande es solitario. Hay nieve en las colinas, a lo lejos. Antes de ponerse el sol, la nieve brilla con un resplandor rosado, los niños se han parado a mirar. Juanico nunca ha visto la nieve, en su pueblo, que cae por donde Tambo, no nieva. Chuche piensa que esta noche hará frío, no tienen ropa de abrigo. Busca un recoveco para la noche, una torrentera a la orilla del río. Se entierran en la arena. Se pegan mucho el uno al otro, Juanico sigue poniendo el oído en la tripa de Chuche para escuchar al niño. A lo mejor, antes de que nazca, aprende la lengua de los bebés. A lo mejor, antes de nacer, los bebés saben la lengua de los asháninCas.

Después de dormir un rato, Chuche se despierta. Oye un ruido espantoso, unas pisadas que avanzan por la grava de la ribera, pisadas recias de hombres calzados con zapatones del ejército, piensa que es la tropa de los hermanos Palomino que los está buscando. Se queda quieta en la cama de tierra, le aprieta muy fuerte la mano a Juanico, si grita los guerreros irán a cogerlos y los meterán en sacos para llevarlos de vuelta al campamento. Los hombres no hablan. Han pasado tan cerca que Chuche nota su olor, un olor a sudor y a cigarrillo. Luego las pisadas se alejan, se dirigen río arriba, y Chuche piensa que son fugitivos como ellos, han cruzado la frontera por el desierto y van andando hacia el norte. Juanico tiene los ojos abiertos, pero no ha gritado, no ha dicho nada. Los niños se quedan despiertos hasta el alba.

Hace una noche muy clara, con millones de estrellas. Es lo que pasa cuando hace frío, las estrellas brillan más. En el campamento, en Huayllaga, no se veían las estrellas. El Apurímac estaba cubierto de bruma y los prisioneros tenían prohibido salir de noche. La casa común tenía un tejado grande de chapa ondulada cubierto con lonas para que no lo localizaran los aviones. No había luces. Los guerreros apagaban las lámparas de los talleres. En la entrada siempre había un guerrero de pie, y cuando daba una calada, se encendía un destello rojo. Chuche sabe que el destello rojo del cigarrillo es para decir a los prisioneros: «Os estoy viendo, no me he dormido, os estoy vigilando».

Al amanecer, Juanico despierta a Chuche. No dice nada, está quieto, sentado al borde de la torrentera. El rostro oscuro brilla a la luz del sol naciente. Delante de él, en la arena del río, hay dos lobos grises cazando una liebre. Están cada uno en un extremo de la playa, cuando uno se mueve, el otro se pega al suelo y espera, la liebre echa a correr, cruza haciendo eses, se para con las largas orejas erguidas y sigue corriendo.

El otro lobo toma el relevo y persigue a la presa, y poco a poco se van acercando a ella. Juanico y Chuche están muy quietos mirando, no se mueven, apenas respiran, nunca han visto nada tan hermoso. El baile de los lobos prosigue, cada movimiento los va acercando por turnos a la liebre. En el último instante caen sobre la presa con un mismo impulso, se oye un gritito cuando uno de los lobos desnuca a la liebre, y los gruñidos de ira cuando la despedazan. Chuche se pone de pie despacio, coge a Juanico de la mano, juntos retroceden hacia lo alto de la torrentera. Los lobos los han oído, dejan de comer, enderezan las orejas y miran hacia donde están los niños. Es un instante extraño, de salvajismo, de violencia cruel en el silencio del valle. Aun así, Chuche no siente ningún miedo, como si los lobos estuvieran de su parte en lugar de ser enemigos como los guerreros o los policías de la frontera, y compartieran ese instante con ellos, a orillas del río grande, y aceptaran que pasen por allí. Entonces los niños caminan valientemente hacia el norte, lejos del desamparo anterior, lejos del campamento de asesinos. El valle va directo hacia el azul del cielo como una carretera eterna.

Se detienen en un repliegue de la montaña para refugiarse del sol. Es una especie de llanura seca cuyo centro lo ocupan unas ruinas de adobe, una antigua granja rodeada de sebucanes. Entre las ruinas hay restos de la gente que ha pasado por allí, harapos, papeles, latas oxidadas. Puede que la casa sirva de refugio a viajeros como ellos, eso es lo que piensa Chuche, y se queda en el umbral de la casa, no se decide a entrar por culpa de los escorpiones o las serpientes. Pero Juanico es un indio de la selva, un asháninca del río Yuruá, no le tiene miedo a nada.

¿Qué estás haciendo? ¿Qué quieres hacer? ¿Adónde vas?

Chuche mira cómo Juanico recoge los desechos y los apila fuera. Luego elige un sebucán y en las ramas espinosas cuelga trozos de papel, jirones de tela, latas y botellas vacías. Da vueltas alrededor del cactus bailando, ladra y lanza alaridos mientras una sonrisa le ilumina el rostro oscuro. Con la camisa parda desgarrada y calzado solo con las sandalias de plástico, parece un espantapájaros en movimiento. Se ríe solo, arroja guijarros a la casa y sigue decorando el árbol, y de repente Cuche lo entiende, también ella se pone a bailar alrededor del cactus, lleva más trozos de papel, restos de cajas de galletas, pedazos de metal oxidado, los cuelga de las ramas espinosas y grita con él: «¡Ha haua!» como si fueran palabras de algún idioma que por fin hubiera aprendido.

Los niños pasan mucho rato bailando al sol, alrededor del cactus vestido con harapos, se ríen y cantan, ladran e incluso Chuche exclama a su vez «¡Ba-bu!» en la lengua de Juanico. Acaban por sentarse en el suelo, abrazados, y Chuche nota el olor a sudor del niño, le da un beso y lo estrecha tan fuerte que no lo deja respirar. Es la primera vez desde hace mucho tiempo que se siente feliz. Hace mucho, en el pueblo del Apurímac, antes de que llegaran los guerreros, para celebrar la Navidad la gente colgó cabezas de bebé de cartón en las calles, tiró petardos y encendió hogueras por la noche. Ahora se acuerda. Por eso ha decorado el sebucán del valle solitario, un árbol festivo, pero también un espantapájaros para ahuyentar a los monstruos. Para que los guerreros no vuelvan nunca.

Esa noche se darán un festín de higos chumbos que han cogido en el seto de cactus que hay detrás de la casa destartalada.

Después del puente, el río se ensancha en varios brazos, formando una comarca de juncos y matorrales. Juanico se asustó mucho del ruido cuando caminaron por debajo de la autopista, se escondió entre los arbustos y Chuche tuvo que esperar hasta la noche para que accediera a seguir adelante. Puede que sea el hambre, o quizá la fiebre, lo que lo debilita tanto. Se ha tumbado a la orilla del agua, lejos de la carretera. Unas aves grandes y blancas se han posado en la marisma, bajo el cielo del crepúsculo. Estuvieron bailando en el agua, abriendo las alas y soltando sus estridentes graznidos, «¡grua, grua!». Las bandadas de patos cruzan parpando. En las guaridas de las pollas de agua, Chuche recoge huevos y se los beben hasta hartarse. Luego prepara unos lechos en la hierba y duermen abrazados hasta el amanecer. Cuando Chuche nota que el cuerpo de Juanico se estremece por los escalofríos, lo estrecha contra sí y canturrea su canción, *Van van los inditos de San Juan...* Piensa que el niño puede morirse, ahora, allí mismo, al final del viaje, lejos de todo cuanto conoce, lejos de sus padres, de sus hermanos y sus hermanas. Lejos de su pueblo del río Yuruá. Ni siquiera sabe cómo se llama en realidad, en su lengua, solo conoce el mote que le pusieron los guerreros, Juan, Juanico, un nombre para los inditos.

Ha amanecido y el río se cubre de niebla. Para no tener frío, han reanudado la marcha a través de la marisma hasta la amplia curva entre las montañas. Ahora la autopista está más cerca. Para que los guerreros no los vean, los niños caminan encorvados como viejecitos, con la cabeza hundida entre los hombros. Se tambalean al pisar las piedras puntiagudas.

Juanico se ha caído varias veces, el pantalón desgarrado se le ha manchado de sangre. Ya no tiene la cara inocente de antaño. Se le ha cerrado la boca con una mueca de obstinación e ira. Chuche lo ha ayudado a levantarse, le gustaría decirle «Camina, camina, pronto llegaremos, será maravilloso, Ana nos está esperando en su casa, nos dará muchas cosas de comer, nos invitará a quedarnos y dormiremos con buenas mantas en una buena cama». Claro que sospecha que no entiende lo que dice, pero lo hace un poco por ella misma, repetir esas palabras, inventarse cómo sigue la canción cruel de los inditos de San Juan. *Van van,* no nos darán hueso, nos darán queso, y pan, mucho pan blanco y suave, y por eso hay que andar, venga, venga, *Van van...* Al final del día, al final del valle estrecho, está ese pueblo de color tierra, agrupado en torno a una iglesia como pollitos en torno a su madre. Chuche dice: «Es aquí, estamos llegando». Juanico la mira con cara de pasmo, camina temblando con las piernas débiles. De la boca entreabierta se le escapa un aliento sibilante. Esperan entre la maleza a la orilla del río. En el pueblo no se mueve nadie, no hay voces, no hay gritos. Hasta que en algún lugar del pueblo los perros notan que están llegando unos desconocidos y se ponen a ladrar, ladridos agudos entremezclados con aullidos. Entonces, al oírlos, Juanico deja de tener miedo de pronto. Se pone de pie y contesta ladrando a su vez, como hacía allí, en el Ampurímac, para hablar con los perros de los guerreros.

El anciano ha oído los ladridos. Baja la cuesta hacia el río, acompañado de sus perros. «Hush, hush», trata de calmarlos, pero los ladridos que llegan desde abajo los ponen aún más nerviosos. El hombre va armado con su vara. Lo siguen de lejos algunos críos del pueblo, igual de nerviosos que los perros, y temerosos como ellos.

Al pie de la colina llega a una playa que bordea el río. En la playa, delante de él, hay dos figuras fantasmales, grises, demacradas, abrasadas de sol y fiebre, con los ojos enrojecidos por el frío y espinas enredadas en el pelo negro.

El anciano se detiene ante ellos, con la mano encima de los ojos para que no lo deslumbre el sol poniente. Les habla a los niños bajito, tiene una voz algo ronca y gutural, habla en un idioma que Chuche no entiende, habla en español y ella entiende lo que dice. No les hace preguntas, no les pregunta quiénes son ni qué quieren, como hacen los policías de la Migra. Solo dice «venid conmigo. Venid hasta el pueblo, os estamos esperando». Los perros se han callado, están tumbados sobre el polvo, y los críos del pueblo no dicen nada. Llevan ropa limpia y nueva, el pelo muy corto, y algunos una gorra. Cuando el anciano se da la vuelta, se marchan colina arriba con los perros detrás. Chuche y Juanico tampoco han dicho nada. Ahora van siguiendo al anciano por el camino, hacia arriba, hacia la iglesia que brilla al sol poniente. Al lado de la iglesia está la casa del anciano, cuando llegan sale una mujer y recibe a los niños. Les prepara algo de comer, gachas de maíz y judías, y trozos grandes de pan que arranca de la hogaza. Luego se lavan la cara en un cubo de agua fría y la mujer le desenreda el pelo a Chuche con un peine. Deben estar presentables para la primera noche en el pueblo. No tienen que parecer unos salvajes.

Cuando cae la noche, recorren todos juntos, el anciano, su mujer y los dos niños, el camino luminoso de la iglesia, ambos lados de la calle están bordeados de lámparas hechas con bolsas de papel llenas de tierra para sujetar una vela. Las luces se estremecen por todas partes, en las calles del pueblo, a lo largo de las paredes de adobe, en lo alto de la iglesia, delante de la puerta, y forman un sendero múltiple que esa Nochebuena ilumina todo el pueblo. Siguiendo al anciano, los niños entran en la iglesia. Dentro, los bancos están vacíos. A la derecha del altar hay una estatua de Kateri Tekakwitha, a la que llaman Lirio de los mohawks, la madre de todos los indios de América. Los lirios y las calas están depositados a los pies de la santa y las velas encendidas huelen a incienso. Chuche se ha arrodillado delante de la estatua, más bien se ha acuclillado, con las manos puestas a ambos lados de la tripa para notar cómo se mueve el bebé. Es el final del trayecto, aquí, en el pueblo a orillas del río. Sabe que ya no tendrá que esconderse, que no contestará nunca más a las preguntas de los guardias y los policías. Aquí su hijo podrá llegar al mundo rodeado de luces. El anciano vuelve con algunas mujeres del pueblo, lleva un plato con sémola de maíz y rebanadas de pan. No hay queso, como en la canción, sino fruta, papayas, higos chumbos, y también galletas Salty envueltas en celofán. Se ha hecho de noche despacio y la gente del pueblo ha ido llegando poco a poco, entra en la iglesia, hay quien incluso les toca la cabeza a los visitantes y deja algo de comer a los pies de la imagen, como una ofrenda. Los cánticos han empezado bajito, un zumbido de abejas, un concierto de aves. Juanico y Chuche están sentados en el suelo delante de la imagen de Kateri, una mujer alta y delgada que lleva un vestido de flecos como las indias del norte, una cinta alrededor de la cabeza y el pelo trenzado, y sonríe misteriosamente. Y es cierto, eso contará más tarde el anciano que recogió a los niños a la orilla del río, es cierto que los esclavos que se escaparon del Apurímac se le parecen.

La pichancha[1]

1. Las palabras que aparecen en *cursiva* en el texto figuran en castellano en el original. *(N. de las T.).*

Texto publicado en 2003 con el título «Rats de rue» en la antología de Amnistía Internacional *Nouvelles pour la liberté*.

«Nuestros abuelos obraron mal a sabiendas, seguramente en mayor medida que nosotros. Pero nunca trataron, como nosotros, de dar a sus actos una apariencia de moralidad. Nunca disfrazaron sus malas acciones con los ropajes de la virtud».

FLORENCE NIGHTINGALE

Nogales, octubre de 2002

Juan, Martín, Cecilia, Lupe, Chabela, Toño, Miguel, el Pelón, el Chino, Pancho, la Nutria, Cabezón, Bravo, Aguirre, Leti, Jabi, Yoni, el Perro, el Gato, la Rata, Piña, Mano, Chepo... Son algunos de los chavales de la banda del colector número 74, en la avenida 16 de Septiembre. Tienen entre siete y quince años, el mayor es Manuel Racimo, alias Mano, que vive con su familia, el más rápido es Gato, el más astuto, el más violento es Bravo, hasta dicen que con trece años ya ha matado a un hombre, un adulto que quería follárselo al fondo de un túnel, tiene una navaja automática. También están las chicas, la Nutria que es un poco retrasada, le faltan los dientes de delante porque su padre le pega, Chabela,

Lupe, Cecilia, de unos doce años, andan rodando por la avenida en lugar de ir a clase, con los vestidos andrajosos engañan a los turistas para limpiarles los bolsillos, una atrae al viejo pervertido a un rincón oscuro y las otras dos se le echan encima y le quitan todo lo que lleva encima. La más guapa es Piña, con catorce años ya parece una mujer, con el pecho empinado y las nalgas marcadas en un pantalón de vinilo negro que compró de contrabando. Mano es camello y contrabandista, oficialmente es su hombre, todo el mundo lo sabe, hasta los críos de las bandas rivales del mercado o de la 5 de Mayo.

Desde hace dos meses a Piña se le está redondeando el vientre y no es un misterio para nadie que está esperando un hijo de Mano, aunque no hable del tema y haga como si no fuera verdad, y eso que ya ha vomitado varias veces, y Mano tampoco dice nada, lo más probable es que no se haga cargo del niño. Chepo, un día que Piña estaba llorando, apoyó la cabeza contra su vientre, como si fuera su hermana. Le dijo: «Lo estoy oyendo, ¿sabes?, oigo cómo le late el corazón». Y Piña le acarició la cabeza.

El más loco de todos es Chepo. Lo llaman así porque desde muy pequeño le dio por el pegamento. Va por ahí con una bolsa de papel donde esconde el cemento cola. Es alto y delgado para doce años, tiene los ojos bonitos, negros y ojerosos, está pálido y nunca sonríe. Cuando tiene pegamento es un auténtico *chepo*, espabilado y rápido, corre deprisa y su lengua pica y muerde. Si no, está triste y alicaído.

Chepo es el que sabe cuándo se puede pasar. Dos veces al mes, y más cuando acaba la estación lluviosa, como ahora, los gringos abren las compuertas para limpiar las alcantarillas. Del lado mexicano no hay ningún problema. Hace tiempo que las rejas ya no existen. Del otro lado de la frontera, las rejas suelen estar cerradas con candado.

—Venga, vamos a pasar, ¿quién se viene conmigo?

Chepo baila de impaciencia. La boca de la alcantarilla está hundida en la avenida, como la entrada a una caverna, entre dos *ahuehuetes.*

—No está abierto —dice alguien. Beto.

Chepo va haciendo eses con la bolsa de pegamento.

—Te digo yo que está abierto. Fui allí anoche.

Él es el único que se atreve a moverse por esa tubería estrecha en plena oscuridad, cualquiera diría que le relucen los ojos como a los gatos.

—¡Mentira!

—¡Verdad, *puto*!

Chepo nunca pelea. Se escurre como una anguila. Uno tras otro, los críos se adentran en la galería. Fuera es pleno día, el sol quema sobre el polvo, los coches están embotellados en la avenida, en dirección al puesto fronterizo. Las chicas se han quedado y Mano también, dice que no le hace falta pasar por las alcantarillas para ir al otro lado, que conoce a unos policías que lo ayudan a cruzar la frontera. En realidad, siempre le han dado miedo las alcantarillas, quedarse atrapado bajo tierra. Se ha sentado en una piedra al lado de la entrada y mira cómo se marchan. Piña está a su lado, fumando con cara de indiferencia; siempre dice: «Yo, si paso al otro lado, nunca volveré aquí». Antes de que se fueran, el viejo Agustín Saucedo le encomendó un recado a Chepo, con un billete de veinte dólares: «Búscame una buena *pichancha,* una válvula para el pozo, las de aquí no valen nada». Le dibujó el modelo en un pedazo de papel. «Una *pichancha* nueva de latón, no de plástico».

En la tubería estrecha, Chepo va reptando en cabeza, sin detenerse. Repta con un movimiento continuo, pegando los codos al cuerpo, como si nadara. Bajo tierra está totalmente oscuro, no se percibe más que el roce de los antebrazos y de los pies, que raspan igual que un animal royendo. Los resuellos oprimidos, algo sibilantes. Detrás, a los otros les cuesta seguirlo. Gritan «¡O-Che-po!» con voces tenues y quejumbrosas. Chepo enciende una cerilla, un mero destello de luz roja, dos o tres segundos, que se apaga por la falta de oxígeno. Detrás, el Gato, la Rata, Aguirre, el Pelón, Yoni, Bravo, Cabezón, Beto, para ellos el destello de la cerilla es como un faro que les da ánimos. Se apresuran, se desuellan los codos y las rodillas, siguen quejándose.

—¡O-Chep-poo!

Él se enfada, los insulta con su voz gangosa, poniéndose la mano delante de la boca para enviar el sonido hacia atrás, lo cual crea ecos en todas las canalizaciones, puede incluso que pequeños derrumbes de tierra entre las juntas corroídas.

—*¡Putos, maricones, pajeros!*

Allí, a seis metros bajo tierra, lejos de las calles y las carreteras, con el olor a azufre y a mierda, puede que lo único que quede sean esas palabras, esas palabras y nada más.

Sabe que ha llegado al otro lado cuando todo se vuelve silencioso. Esa especie de bramido continuo de la superficie se ha apagado. Incluso se puede ver un poco mejor: una claridad gris que baja al bies por las bocas de alcantarilla.

—¡Chepo! ¿Hemos llegado? ¿Vamos allá?

Los críos siempre están dispuestos a salir por el primer agujero. En cuanto ven un poco de luz, ¡tienen que lanzarse! Entonces sacan la cabeza a veinte metros del muro, en plena ciudad. Ya no les queda más que dejar que los pillen como a perros vagabundos.

Chepo no contesta. Sigue avanzando, con los ojos entornados por culpa de las raíces y una piedra cortante en la mano. La última vez se topó con una pareja de mapaches y tuvo que pelearse con la hembra, que le arrancó un jirón de piel del antebrazo.

Ahora el olor a mierda es más intenso y acre, y hace toser. Por la luz gris que invade la canalización, Chepo intuye que se está acercando al parque. Las raíces de los árboles invaden el pasadizo, también hay charcos corrompidos y aceite negro.

Chepo se detiene, intenta escuchar el ruido que hacen los niños detrás de él. En ese punto la canalización es más ancha y está cubierta por una bóveda antigua de ladrillo oscuro. Se vuelve a cuatro patas y escudriña la penumbra.

—¡Oé! ¿Dónde estáis?

Solo le responde la voz de Bravo, bastante lejos, ronca. Al parecer, los otros no lo han seguido. Han debido de salir por la primera boca. Chepo gruñe, despectivo.

—*¡Putos niños!*

Piensa que la policía ya los habrá pillado, esposado y empujado sin miramientos dentro del famoso furgón azul. Estarán gimiendo y quejándose. ¡Tantas molestias para nada! A Bravo, que se está acercando, le da la última indicación:

—La próxima vale

Y no lo espera.

Ve la luz del sol. Ha llegado al parque grande que hay al este de la ciudad. Cada vez que llega a ese lugar, le late el corazón. Respira hondo el aire de fuera, olfatea el olor dulce de los algodoneros, la hierba cortada, las flores. El olor a agua. Aquí no hace falta que llueva. Todas las mañanas, a eso de las seis, se abren las válvulas y esparcen un suave rocío. También escucha el sonido de las voces, niños jugando, gritos, risas. Hasta la voz de los adultos suena como música, al hablar en su idioma misterioso y resbaladizo. Nada que ver con la voz de la gente del sector 74, con los gritos carrasposos de los críos de allí, el ruido estridente de los camiones en la 16 de Septiembre. Puede que sea por culpa del polvo, en el otro lado sube y vuelve a caer, chirría y rechina, daña los ojos. Ahoga a los bebés en la cama, y por las mañanas, al entrar en el cuarto, están fríos y grises con los ojos abiertos hacia la muerte.

Entonces Chepo repta hacia la salida. De golpe ya se encuentra al aire libre, delante del parque. Bajo el cielo azul tinta, los elevados árboles parecen gigantes irreales. Las hojitas se arremolinan con el cálido viento, algunas ya han empezado a amarillear. Son árboles de los que no se ven nunca al otro lado. Allí solo hay acacias quemadas, con puñados de agujas blancas, magnolios podados en forma de ridículos paraguas en la plaza central.

Son las tres de la tarde. Llegan los colegiales, en grupitos, niños vestidos con ropa de colores y gorras nuevas. Pero lo que Chepo mira con envidia son las deportivas. Deportivas limpias, con adornos azules y rojos, y suela con cámara de aire luminosa.

Los niños caminan por la hierba al lado de Chepo sin verlo. Van hacia las zonas de juego, hacia las casas de troncos, los puentes, las cuerdas. Chepo se ha sentado en la hierba, a la sombra de un árbol, y los mira. En el bolsillo del pantalón roto lleva el encargo del viejo Agustín, el trozo de papel arrugado y el billete de veinte dólares. A Chepo se le ha olvidado por completo la *pichancha*. Sueña despierto mientras mira a los niños que juegan delante de él. Mira esas deportivas tan bonitas, que rebotan tan bien. Desde luego, tiene los veinte dólares de Agustín, pero necesitaría cinco veces más para comprarse unas deportivas como esas. Y además, a Chepo le cae bien Agustín. Aunque no sea nada suyo, lo llama «abuelo». No le gustaría mangarle veinte dólares a su abuelo.

En las calles recalentadas del centro, los chavales corren como las ratas que son. El Gato delante, Aguirre, Yoni, Beto, y detrás, la Rata. Se han dado cita a las seis, antes de que anochezca, en la misma boca de alcantarilla. Es la hora a la que las camionetas de la Migra interrumpen la ronda para ir a cenar.

Ya han empezado a rapiñar. Nada sustancioso de momento. Solo galletas y chicles en las tiendas del centro, entran cuatro, y mientras recorren los pasillos, con el dueño preocupado tras ellos, el Gato saquea las chucherías. Una chapuza. Chepo los desprecia por eso. Luego, echan a correr por las calles mientras los persiguen las imprecaciones del vendedor, medio en mexicano, medio en gringo.

Cuando han comido bastante, los chavales deciden cambiar de barrio. El Gato se conoce la ciudad como la palma de la mano. No tardan en llegar a los barrios residenciales, con sus casas bajas y el césped trazado a cordel. Es la hora del riego. Los aspersores giratorios se han puesto en marcha a la vez y forman una niebla de agua que flota al sol. Los niños corren a lo largo de la hierba de los jardines haciendo eses, se zambullen en la nube fresca. El barrio se llena de sus gritos agudos, gritos de pájaro que logran traspasar el blando ronroneo de los climatizadores. Los perros, encerrados tras las verjas, se vuelven locos. Y en ese preciso instante, dentro de cincuenta casas con todas las puertas y ventanas cerradas contra el exterior resplandeciente y peligroso, cincuenta teléfonos marcan el número de la policía: «Hello? Street rats again! Running all over! Nine-one-one! Nine-one-one!».

Yoni bordea los cristales en vuelo rasante, con los brazos abiertos, y hace un sonido estridente y agudo con la garganta, como el de una alarma. De vez en cuando da patadas a las puertas y chuta los sanfranciscos y los enanos de jardín.

Están embriagados, no pueden parar, son los más rápidos, los más inteligentes, los más valientes. Dejan a Speedy Gonzales a la altura del betún. «*¡Ay, ay, ay, ay, ay! ¡Caramba carambazas!*».

De pronto, un coche empieza a seguirlos. No es la policía. Es un particular, un cincuentón, de aspecto más bien ordinario, que conduce un cupé Deville granate. Puede que viva por allí. Puede que no. El cochazo rueda casi silenciosamente por las calles, detrás de los chavales, gira a derecha e izquierda. El Gato es quien avisa a los demás, ahora escapan como pueden. Se adentran en un callejón por detrás de las casas, un camino de tierra empantanado con cubos de basura, que se parece bastante a sus calles del otro lado de la frontera.

Detrás de las empalizadas puntiagudas, los ladridos se desencadenan según van pasando. El Cadillac no se va a meter ahí. Pero al parecer el conductor se conoce el barrio, ha dado la vuelta y se ha detenido al otro extremo del callejón. No se ha bajado del coche, al contrario, ha subido la ventanilla eléctrica. Llama por el móvil y resulta fácil de entender. Está guiando a la policía hacia los críos. No piensa implicarse directamente. Las ratitas de Nogales no tienen buena fama. Hasta la más pequeña es venenosa. Llevan navajas y cúteres en los bolsillos. Por lo visto, incluso esconden cuchillas de afeitar en la boca.

Cuando se percata del peligro, el Gato se pone furioso. «¡Vamos, vamos, vamos!». Todos juntos cargan gritando contra el coche rojo. De golpe, el hombre ya no se siente protegido detrás del cristal, ni siquiera con la grabación de la policía al oído. Baja la palanca de cambios, pisa el acelerador y el cupé Cadillac da el brinco hacia delante más espectacular de su larga carrera. Los críos lo persiguen un rato, corriendo y gritando, Yoni y la Rata recogen piedras y se las tiran sin alcanzarlo, porque ya está al final de la calle.

Bravo está en su sitio, en el parque grande. Es un lugar que conoce bien. No se lo ha contado a nadie, lleva semanas, meses, yendo allí, cada vez que puede cruzar la frontera. Todo empezó con esa revista que se encontró por casualidad en una estación de autobuses en la ciudad de los gringos. Se llevó la revista y se puso a pasar las páginas mecánicamente, sentado a la sombra en el parque. Era un lugar soñado para olvidarse de todo, del miedo, de la ira, del hambre. Dejaba vagabundear la mirada por las páginas, las chicas guapas en bañador, las casas bonitas, las mesas servidas rebosantes de pasteles y fruta. Y de pronto, delante de él, no muy lejos, en la zona de juegos de los pequeños, vio a una muchacha. Debía de tener dieciséis o diecisiete años, pero era alta y delgada como una mujer, y tenía el pelo de un color fuego como nunca antes había visto, aparte de en las revistas.

La muchacha acompañaba a dos niñas de unos cinco años, bastante morenas. Debía de estar cuidándolas hasta el final de la tarde. Bravo miró a la muchacha sin moverse, con el corazón palpitante, casi aterrorizado ante tanta belleza. En un momento dado, ella se volvió a medias y clavó los ojos transparentes, de un azul muy pálido, en Bravo, solo por un breve instante, puede que dos segundos, pero fue como si hubiera durado horas. Bajo la suave luz de los árboles, las pupilas perforaban como dos clavos negros los iris pálidos, y la melena roja, rizada, creaba a su alrededor un halo extravagante. A continuación, esbozó una sonrisa, una sonrisa amable, pensó Bravo más tarde, pero él no le correspondió porque estaba demasiado sorprendido y casi asustado. Se quedó quieto, acurrucado al pie del árbol, un indio oscuro con el rostro tallado a cuchillo, oyendo cómo el corazón le latía aceleradamente. Miraba cómo la muchacha se ocupaba de las niñas, las empujaba en los columpios.

Ella se quedó un buen rato en el parque, hasta que la luz declinó, y debía de ser la hora de cenar porque Bravo notaba el olor de carne a la parrilla que subía de todas las barbacoas del vecindario. Pero no tenía hambre. Se había olvidado de todo, hasta de la hora de volver a la boca de alcantarilla.

Ahora, todas las veces, vuelve al parque. En ocasiones se queda esperando en vano hasta la noche. Otras, la muchacha del pelo de oro llega con las niñas antes de tiempo. Siempre sonríe de la misma forma extraña cuando ve a Bravo sentado en su sitio debajo de los árboles. Bravo no se atreve a hablar con ella. Además, ¿qué iba a decirle? Sigue siendo el mismo, una rata dispuesta a pelear, con la navaja automática en el bolsillo del pantalón. Pero cuando ve a la muchacha, es como si se convirtiera en otra persona, un chico con un gran porvenir, que podría tener ropa nueva y bonita, una familia, una casa e incluso hijos, como lo que se ve en las imágenes satinadas de las revistas.

Chepo ha localizado las deportivas en el expositor que hay delante de la tienda. Justo a la entrada del centro comercial. Bueno, no es un centro comercial de verdad como los que hay a las afueras de la ciudad. Solo una galería comercial, para los mexicanos que van de compras los fines de semana. Se llama *La Galería*. Está cayendo la tarde y ya no hay mucha gente. Algunos adolescentes con pantalones demasiado anchos y un monopatín bajo el brazo, algunas chicas con camisa corta que les deja al aire el ombligo atravesado con un arete. No miran a Chepo, es como si fuera transparente. Allá, en el barrio del que viene Chepo, tienen que estar en guardia todo el rato, con los adultos, con los niños. Hasta los policías son peligrosos. Tienen que quedarse juntos. Pero este es otro mundo. Todo es distinto, más liso, más liviano.

Las deportivas son justo lo que necesita Piña. De color rosa claro, con estrellas plateadas, suelas con cámara de aire y ojales blancos. Así, cuando el niño le pese mucho en la tripa, no le dolerá la espalda.

Necesita la talla correcta. En el expositor solo hay un zapato. Hay que pedirle el otro al dependiente, un tío alto y flaco que mira a Chepo con desconfianza. Ahí es donde el billete de veinte dólares del viejo Agustín va a servir de algo.

—¿Qué desea?

Chepo no habla inglés. Enseña los dedos de las dos manos.

—¿Ocho? ¿Es el número que está buscando?

El dependiente busca en las cajas que hay detrás del mostrador. *La Galería* cierra dentro de media hora. Chepo piensa que va a llegar tarde a la cita con los demás. Se encoge de hombros. Puede que a esas horas ya estén en la cárcel.

El larguirucho ha encontrado el número. Saca las deportivas de la caja y se las enseña a Chepo, que asiente con la cabeza. Chepo le alarga el billete de veinte dólares doblado, y en el instante en que el dependiente suelta la caja para coger el billete, Chepo se apodera de los zapatos y sale disparado de la tienda. Corre tan rápido como puede, sin mirar atrás, se escabulle entre los coches, sube por la avenida, una calle de dirección única. Corre, y las deportivas chocan entre sí contra el muslo, como si estuvieran bailando. El sol se ha deslizado por detrás de los edificios altos del centro, las sombras invaden ya las calles, pero el cielo sigue estando muy claro, con un avión que traza una línea fosforescente a diez mil metros. Chepo corre por delante del parque donde unos críos se han entretenido jugando al béisbol. Corre a través de los barrios silenciosos donde la gente está encerrada, con los ojos clavados en la televisión.

Después del parque viene la avenida ancha bordeada de árboles donde está la entrada a la alcantarilla. Chepo ya se imagina la larga tubería caliente y húmeda por la que irá reptando, con los codos pegados al cuerpo y las preciadas deportivas de color rosa sujetas entre los dientes por los cordones de los ojales.

Pero no le da tiempo, porque en el momento en que aparece la boca negra de la alcantarilla, la entrada hacia la libertad, ve los tres coches de policía, semejantes a tres insectos gordos, blancos y negros, y no muy lejos, a la sombra de los árboles, el famoso furgón azul de la Migra. Comprende que lo han pillado, como a una rata.

*

El servicio de detención de inmigrantes ilegales de la Migra es una sala grande de cemento sin ventanas, iluminada con dieciocho tubos de neón, donde sopla un aparato de aire acondicionado tan grande y casi tan ruidoso como un motor de avión. En la esquina más alejada de la puerta, una taza del váter sin tabla preside un cuchitril sin puerta, junto a un lavabo. Conducen allí a los prisioneros con las manos sujetas a la espalda con esposas de plástico. Los que todavía no han pasado por el interrogatorio permanecen esposados, con las muñecas tan juntas que tienen que andar inclinados hacia delante, con los brazos subidos hacia la espalda, como extraños pájaros cautivos. Otros esperan, sentados en el suelo, con la espalda apoyada en la pared, hombres, mujeres, niños, todos muy morenos, hirsutos, con la ropa manchada de polvo, algunos incluso con solo un zapato porque han perdido el otro al huir de la policía. Para hacer sus necesidades tienen que sentarse en la taza, delante de todo el mundo. Todos tienen la cabeza gacha. Cuando Chepo entró en la sala, alzaron la cabeza, pero apenas lo miraron, solapadamente, con ojos cansados. Todos son desconocidos, hombres y mujeres a los que han cogido en las calles de Nogales, o en la reserva india de los pápagos, tras varios días andando por el desierto. Chepo solo reconoce a Bravo. Está sentado en el suelo, cerca de la puerta. Lo han interrogado y le han soltado las muñecas, pero aún tiene las marcas de las esposas de plástico, y una herida en la mejilla izquierda, justo debajo del ojo.

Le dice a Chepo deprisa, con rabia contenida:

—Me han dado una paliza, le he mordido a uno.

—¿Dónde te han cogido? —pregunta Chepo.

También él habla bajo. Hay una cámara filmando la sala con el objetivo fijo, seguramente un micrófono. Pero ¿le importa a alguien?

—Me cogieron en el parque, ¿y a ti?

—En la entrada.

—Nos han vendido. Y yo sé quién.

—¿Quién?

—¿Quién iba a ser? Mano, el maricón ese, el muy hijo de puta.

—¿Estás loco? Ni siquiera iba con nosotros.

A Bravo le brillan los ojos de odio.

—¿Y qué? Puede llamar por teléfono, ¿no? Te digo que ha sido Mano, es su soplón. —Hace un gesto brutal con el puño—. Me lo voy a cargar, voy a rajarlo.

Antes de que anochezca, llega un policía. Se lleva a Chepo a un despacho contiguo a la sala. Es un tío alto un poco pelirrojo, colorado, con pinta bonachona, pero Chepo no se fía, suelen ser los peores.

Lo interroga, habla español bastante bien, pero repite todas las preguntas en inglés, seguramente porque así lo exige el reglamento.

—¿Cómo te llamas? ¿Qué edad tienes? ¿Cuál es tu dirección? ¿Vives con tus padres?

Lo apunta todo en el ordenador. Encima del escritorio, al lado del ordenador, están las deportivas de color rosa para Piña. Es el cuerpo del delito.

—¿Por qué has robado unos zapatos de chica?

—Para dárselos a mi hermana —dice Chepo.

—¿Allí no hay?

—No tiene dinero. Necesita zapatos buenos porque va a tener un niño y le duele mucho la espalda.

Chepo sabe qué decir para ablandar. Y funciona, ha visto una lucecita de diversión en los ojos del poli, como una sonrisa en la carota colorada.

—Bueno, bueno. Hemos recuperado los zapatos y la tienda no va a presentar denuncia, ¿de qué le iba a servir?

—Tienen mis veinte dólares.

—Peor para ti, así aprenderás. Es mejor que ir al *bote,* ¿no?

Chepo no dice nada. Se frota las muñecas doloridas.

—¿Y Bravo?

El poli lo mira sin entender. Y al fin dice:

—Ah, sí, ¿te refieres a Martín, la otra ratita?

De pronto parece menos bonachón. Chepo piensa que Bravo debió de morderlo a él, y a cambio le asestó un porrazo debajo del ojo.

—Con ese nos vamos a quedar un rato más, es violento. Si lo soltamos ahora, es capaz de matar a alguien.

Chepo piensa: «No lo sabes tú bien». Piensa que igual Bravo tiene razón, después de todo, que Mano los ha entregado para que lo dejen trapichear tranquilamente.

El interrogatorio ha terminado. El policía le toma las huellas a Chepo, pero esta vez no le ponen las horribles esposas de plástico que cortan la circulación, sino unas auténticas esposas de acero pesadas y suaves.

Fuera ya es noche cerrada. Chepo va al trote detrás del hombretón pelirrojo hasta el furgón. El conductor abre la puerta trasera. Dentro está el resto de la banda, el Gato, Aguirre, Yoni, Beto, la Rata. Están que dan pena. A su lado también hay dos mujeres en chándal, con el pelo enredado y blanco por el polvo del desierto. El conductor empuja bruscamente a Chepo dentro de la camio-

neta. «La madre que os parió, ¡cómo apesta a rata aquí dentro!».
Los chavales no han dicho esta boca es mía al entrar Chepo. Tienen la expresión obtusa y terca de los chicos duros. El policía pelirrojo se queda mirándolos un momento sin decir nada, sabe de
sobra que volverán a las andadas. Es por las alcantarillas. Las hay
por toda la ciudad, cuando las tapan por un lado, los críos salen
por el otro. Es el cuento de nunca acabar. Tendrían que engordar,
piensa el poli, como los críos de verdad de los países de verdad,
comiendo helados y buenos filetes jugosos, así ya no podrían pasar por todos aquellos tubos. ¡Qué fácil es decirlo! Se acuerda de
la frase que dijo un vecino de la frontera. «Si yo no los he traído
al mundo, ¿por qué voy a tener que alimentarlos?».

El furgón azul avanza por las calles de Nogales. A través del
ojo de buey enrejado, estirando el cuello, Chepo ve desfilar los
letreros azules y rojos, las ristras de bombillas, los árboles de Navidad, las guirnaldas, las extraordinarias palmeras. Oye el sonido
de la música, de los cánticos, de las nanas, todo ese lenguaje que
no conoce.

En el puesto fronterizo, la entrega se hace en pocos minutos.
Los críos pasan por debajo de los brazos de los aduaneros y escapan a toda velocidad hacia las calles abarrotadas. Las dos mujeres
negocian con los policías y al final también se van, hacia la estación de autobuses, arrastrando sus maletas llenas de harapos.

En la sala grande y helada, Bravo se ha hecho un ovillo para
dormir, a pesar de la luz macilenta de los tubos de neón. Está esperando, cierra los ojos y sueña con la muchacha del pelo de oro,
hermosa como un hada, que mañana volverá al parque. Puede
que dirija la mirada pálida hacia los árboles para buscarlo y él no
estará allí.

Fantasmas en la calle

A partir de una idea de Amy

Este texto se publicó en 2000 en una edición no venal de la revista *Elle*.

BAB 6
Dragon 21 ene 2000 | 16:45

Está en su arrinconamiento, sentado con la espalda contra la pared. Él es el primero a quien veo esta tarde, él y nadie más. Bueno, al que veo antes. En este momento pasa tanta gente que tengo que rebuscar entre un bosque de piernas, atravesar la cinta casi compacta de cuerpos en movimiento. Cuando abro la mirada, noto un balanceo, un vaivén similar al marcante barrido de un ventilador, y un círculo metálico que me apresa. Pero él está ahí, en el lugar de costumbre, quieto en el retranqueado de la puerta cochera, y enseguida algo se me deshace por dentro, se vuelve mejor. Él es Renault, un ser humano.

Hay tantos robots y hombres-máquina, muñecas y maniquíes… Hay tantos hombres-perro, hombres-chacal y ausentes, tantos zombis y momias… Tantos aventureros y falsificadores… Compruebo que componen en gran medida la sociedad humana. Pero él es un ser humano.

Vive en un cuartito en las buhardillas de un edificio al norte de la ciudad, con tan solo una claraboya para iluminar el día y una bombilla eléctrica pelada para iluminar la noche. Los retretes y el lavabo están al fondo del pasillo. Comparte la planta con tres trabajadores marroquíes y un travesti brasileño. Vuelve allí cuando está realmente muy cansado de estar a la intemperie, demasiado frío, demasiado harto para quedarse sentado en su pedazo de calle. Lo único que sé de él es por los retazos que he oído, cuando habla con la gente. Hay una chica morena, alta y guapa, que le lleva comida de vez en cuando y él le habla de su cuarto de servicio, de lo bien que huele la comida que preparan los marroquíes, de las jeremiadas del brasileño. Desde que ha empezado el invierno, esa chica va a visitarlo en la calle. Renault no mendiga. Solo se queda sentado con las piernas cruzadas, las manos apoyadas en los muslos, el torso muy recto y mirando fijamente hacia delante y un poco a la izquierda. No se fija en los coches ni en la gente. Pero tampoco le resultan indiferentes. De vez en cuando, alza los ojos y dirige la mirada directamente hacia alguien, al azar. Salta a la vista que no está esperando a nadie.

La primera vez que pasó la muchacha, se quedó mirándola y ella le sonrió amablemente. Se paró a su altura y él le dijo una frase, puede que algo del estilo de «No te preocupes, encontrarás lo que andas buscando», no muy sibilina, y aun así sorprendente, y la chica se acercó y se apoyó de espaldas contra el quicio de la puerta cochera, con una sola pierna, sacando un poco la cadera y con el pelo negro reluciente de gotas de lluvia.

En ese momento él adivinó lo que corroe a la chica, su desamparo, su sensación de abandono. Ella se lo contó casi enseguida, como solo se habla con los desconocidos, para liberarse de la traición, del dolor, de la vida que ya no vale nada. Y se aferró a él para curarse. Él dejó que le contara su historia y le dijo:

—Ese volverá. Seguro que volverá, no puede estar sin ti.

Le dijo:

—¿Que tienes veinte años? No es edad para morirse.

Hubo un rato de calma bastante largo, dejé de oír los ruidos de los transeúntes, el krrrrran de los coches. Y Renault se lo preguntó:

—¿Has oído hablar de los *Couscous-tapis?*[1]

La chica se inclinó un poco hacia delante, no porque estuviera sorprendida, sino más bien porque era una pregunta que la obligaba a salir de sí misma y a pararse a escuchar...

Estaba oscuro, la lluvia picoteaba un charco grande al borde de la acera. Había una barahúnda de neumáticos mojados, motores ahogados, limpiaparabrisas renqueantes. Había un batiburrillo de gente con prisa por volver a casa antes de la cena y sentarse delante de la tele, de mujeres haciendo las últimas compras. Había obreros cansados. Había un cielo gris, henchido de agua y de luz eléctrica. Había un tremendo sentimiento de soledad, siempre. Me dolía de tanto mirar.

La chica se sentó al lado de Renault para escuchar lo que él tenía que contar. Yo tenía un alma llena de lágrimas, un vacío, un dolor de hierro. Renault tiene la cara raída, chupada, desdentada, con la nariz rota (una noche lo atacaron unos golfos, pero fue a la hora en la que ya no miro nada más). Hay partes en que la piel se le hunde como si tuviera celulitis en las mejillas, es por culpa del alcohol. Pero los ojos negros relucen de juventud.

La muchacha se sentó al lado de Renault, con las piernas encogidas para no poner la zancadilla a los transeúntes y la espalda apoyada en el quicio de la puerta cochera. Renault ha elegido ese lugar porque ya nadie entra por esa puerta, el edificio lo ha comprado un banco que ha tapiado las plantas superiores. Pero ¿por qué ha elegido la calle de Le Dragon? Me da la impresión de que llevo viéndolo siempre desde que miro, que llegó aquí hace años,

1. Combinación de *couscous,* cuscús, y *tapis,* alfombra. *(N. de las T.).*

cuando empezó su vida de vagabundo. No sé cómo se llama. Renault es el nombre que le ha puesto la muchacha que se enteró de que había trabajado en una fábrica. Él le contó que antes tenía un cargo de asesor de recursos humanos en Renault, esa fue exactamente la expresión que utilizó, recursos humanos. Pero la muchacha no le hizo ninguna pregunta personal. Tiene ese tipo de elegancia, no hace falta saber quién es él. Es un ser humano, como creo haber dicho ya.

—¿Qué es eso de los *Couscous-tapis*?

La muchacha tiene una voz bastante grave para su edad, un poco velada, como la gente que fuma demasiado. Renault tiene la voz raída pero no es un anciano, solo tiene el cuerpo extraordinariamente flaco, frágil, con los hombros que se le marcan por debajo de la ropa y unos pantalones demasiado cortos que le dejan al aire los tobillos desnudos, muy blancos, y los pies calzados con mocasines negros de polipiel. Tiene las manos bonitas, largas y finas, con las uñas cuidadas, se nota que no es un trabajador manual. Lleva el pelo gris largo y bastante limpio, y un gorro negro con orejeras forrado de borreguillo que conserva de cuando iba todas las mañanas a la fábrica, en las frías llanuras del norte.

Aun así, la mayoría de la gente que pasa se desvía cuando lo ve, como si se hubiese meado encima o padeciera alguna enfermedad. La muchacha lleva un abrigo marrón. Se ha encogido, ha metido la cabeza en el cuello del abrigo, como una tortuga, la melena le cae sobre los hombros como una capa negra. Tiene una expresión distante, soñadora. Se ha sumado a Renault en su ausencia del mundo.

—¿Qué es, dígamelo?

El ruido de los coches en el charco sorbe las palabras, las arrastra por la calzada mojada, se las lleva a lo lejos. A veces me da la sensación de que esta calle es un canal que no deja de tragarse las palabras, las vierte en un limo misterioso, hacia abajo, hacia los estuarios de los ríos. Renault titubea, respira hondo, como si fuera a iniciar una historia larga cuya raíz está enmarañada en su pasado lejano.

—Por aquel entonces, cuando trabajaba en la fábrica, el Gobierno animaba a contratar obreros de África del Norte, de Túnez, de Marruecos, y también africanos de Senegal, de Mali, de Costa de Marfil. Yo era el que se encargaba de contratarlos, lo llamábamos explotar los recursos humanos, me habían asignado a recursos humanos, ¿lo sabías? Ese era mi trabajo en la fábrica, me pagaban bien por hacerlo, por seleccionar, por decirle a este: tú y tú, y a aquel otro: tú no.

Tiene los ojos un poco rasgados, brillantes, una expresión a la vez dulce y tranquila, un poco borrosa, por la tristeza y la bebida, pero una tristeza que se queda en él y no se agarra a los demás. La muchacha se le parece, creo que tiene los mismos ojos, almendrados, muy negros, también de tristeza seguramente, debe de ser eso lo que distingue a los seres humanos de verdad.

—Venían muchos, ¿sabes?, cada año más, se quedaban varios meses, algunos no lo aguantaban y se volvían a su tierra, pero los había que no se marchaban. Se afincaban, se traían a la mujer y a los hijos, alquilaban pisos en los grandes bloques, compraban a crédito, tenían coche. Yo sabía cómo se llamaban, era el que había redactado sus expedientes. Tenían nombres bonitos, Omar, Fadel, Ouled Hassan, Abel, Abdelaziz, Abdelhak. Y sus mujeres, me acuerdo, Aicha, Rachida, Rania, Habiba, Aziza, Yamila. Pero en Renault, a los directivos no les interesaba saber cómo se llamaban de verdad, todos los hombres eran Mohamed, y las mujeres, Fátima. Para los de arriba, incluso para los jefes de taller, esas personas no existían, eran todas iguales. Cuando se enteraban de que alguno se iba de vacaciones a su tierra, lo paraban y le decían: «Que no se te olvide, Mohamed. Tráeme una alfombra bonita de allí, ¿eh?, una alfombra bonita con rojos y verdes, de lana, de buena calidad. Que no se te olvide, Mohamed».

Ya ha hablado antes de eso, y de su vida. He oído retazos, arrancados entre los gritos y las bocinas de los embotellamientos. Un día no pudo soportarlo más, presentó la dimisión y no volvió a la fábrica. Empezó a beber, probablemente fue antes de que su mujer lo dejara, y su hijo no quiso volver a verlo, lo insultaba, lo llamaba arrastrado y borrachuzo. Lo perdió todo, pero con algunos ahorros se compró un cuarto en una buhardilla, en el otro extremo de la ciudad. Nunca más volvió a trabajar en recursos humanos, nunca más volvió a seleccionar hombres concienzudamente. Perdió su nombre, se convirtió en otra persona, un invisible que se pasa los días sentado en un trozo de acera mirando a la gente que pasa. Se convirtió en Renault.

No le pide nada a nadie. No quiere compasión. No mendiga. A veces, alguien le da una moneda o un pedazo de pan. Hay una monja de la Medalla Milagrosa que todas las mañanas le lleva café en un termo. Su vida es el trozo de acera, delante de la puerta cochera condenada, al lado del banco y del cajero automático, justo donde estoy mirando. Es su oficio, su pasatiempo y su historia.

La muchacha también le lleva comida, un bocadillo o una fruta, la deja en la acera, a su lado, como una ofrenda. Al principio es ella quien habla de su vida, de su amor muerto. Dice:

—Con mi novio pasaba algo raro, ¿sabe?, me preguntaba si yo era normal. Me llevaba mejor con su madre que con él, ella me apoyaba, estaba de mi parte. Me decía que su hijo no me merecía.

Los miro, me gustaría sentarme a su lado, oír todo lo que dicen, como si en su conversación hubiera un significado oculto, la clave de un misterio que tengo que comprender antes de apagarme.

Renault retoma la historia de los *Couscous-tapis*:

—En la fábrica nunca les preguntaban cómo se llamaban su mujer ni sus hijas. Nunca les preguntaban «¿va todo bien en casa, y tus hijos, cómo se llaman, qué edad tienen, qué tal en el cole, se portan bien con ellos?». Nunca les preguntaban si tenían buenas noticias de su tierra, de la familia que se había quedado allí, a la que los obreros enviaban todos los meses una porción de su paga. Nunca, jamás.

»Ni siquiera se molestaban en saber cómo vivían las mujeres, cómo se las apañaban lejos de sus padres, con los hijos que van creciendo, las enfermedades, los problemas, lo cara que está la vida, cómo se las apañaban para leer los precios en las tiendas, el nombre de las calles. No se molestaban en saber qué pasaba en las cocinas demasiado pequeñas, sin aire, sin luz, en los sótanos de Marly, de Sucy-en-Brie, de Lagny, de Drancy. Nunca les preguntaban si añoraban el cielo azul, el sol, el viento, a las amigas que van a tomar té al patio. Cómo se las apañaban para aguantar la mirada de la gente de aquí, de los tenderos del mercado que decían con cara de complicidad, para burlarse, para que todo el mundo disfrutase con ello: «¿Qué, no me compra esta verdura tan estupenda? Va muy bien para el fricasé» o las llamaban «¡Fátima!». Nunca les preguntaban: «¿Vas a clases nocturnas para aprender francés, para aprender a leer y a escribir, para poder ayudar a tus hijos a hacer los deberes?». Nunca, jamás pensaban en ellas, menos cuando necesitaban una cocinera, para una reunión, un comité de empresa, entonces le decían al marido: «No te olvides de decirle a Fátima que nos prepare un buen cuscús para el jueves, así comeremos todos juntos. Que no se te olvide, ¿eh?, un buen cuscús con pinchos morunos de cordero». Ya ves, así iban las cosas, los que se iban a su tierra volvían con alfombras para los jefes, y los que se quedaban le pedían a su mujer que preparase cuscús para los comités.

»Por eso los llamaban *Couscous-tapis*. Pero nadie se planteaba acordarse de su nombre. Todos se llamaban Mohamed y Fátima. Y cuando se marchaban para siempre, había otros que los sustituían. Se llamaban *Couscous-tapis*.

B 12

Aminata. La vi por primera vez este invierno, a la hora de hacer la compra, pero estoy segura de que era clienta de esa panadería mucho antes de que yo mirase.

Aminata es guapa. A mí me parece guapa. Tiene un cuerpo rotundo, fuerte, de hombros anchos y curvilíneos, pecho empinado y amplias caderas, con manos grandes de dedos ahusados y uñas pulcras, y aunque no se las pinta, las pule con una gamuza. También tiene los pies bonitos, alargados y con la planta bien pegada al suelo. Excepto los días de lluvia, los lleva al aire en unas sandalias con tiras finitas de cuero negro. Resulta conmovedor ver sus pies desnudos por esa avenida gris donde los coches pasan corriendo. Los tobillos que asoman por el bajo de la falda larga son finos y fuertes, permiten imaginar la musculatura de las piernas y de los muslos, y las nalgas, duras y respingonas como las de la mayoría de las mujeres africanas. Cuento todo esto detalladamente porque estoy segura de que me enamoré de Aminata en el acto, la primera vez que la vi entrar en la panadería.

El banco se encuentra justo donde empieza el soportal, y desde donde estoy tengo una vista en picado del pasillo de la panadería que brilla como si fuera pleno día con las luces de neón. La tarde que vi entrar a Aminata acaparaba mi atención un señor que estaba comprando una barra de pan y parecía tener algún problema. O bien había perdido el dinero, o bien no lo tenía y contaba con que la panadera le fiara. Es una mujer aún joven y más bien guapa, pero borde, y miraba de reojo al señor sin dinero, con la mano tendida y sin sonreír. Entonces vi a Aminata, puso el dinero en la mano de la panadera con ademán verdaderamente majestuoso y, a pesar de la distancia, noté la onda benefactora que desprendía. El señor menudo se fue casi sin dar las gracias, apretando el pan debajo del brazo. No penséis que exagero para que resulte interesante. Sucedió de verdad, tal y como acabo de contarlo.

Desde esa tarde, nos hemos hecho amigas. Bueno, no amigas en el sentido que suele entenderse. Sencillamente, a la hora de hacer la compra, espero verla aparecer por el soportal, en la panadería, o un poco más allá, en el supermercado pequeñito donde compra la leche y los yogures. Habla mucho con la gente, en general con mujeres como ella, africanas, antillanas, que van a hacer la compra con sus hijos. Acecho cada una de sus palabras, a ratos me cuesta entenderla, le tapan la voz los bramidos de los camiones, roo, room, raa. A veces tengo la impresión de que se dirige a mí, por mediación de un vecino, de algún conocido del barrio. Dice cosas muy duras con la voz clara, riéndose, como si no importasen. A un taxi que le había hecho un comentario racista porque le impedía maniobrar, le dijo:

—¡No debes hablar así a los africanos! ¡Un día te darán un navajazo y nadie lo lamentará!

Tiene dos hijas que estudian en París y por eso se ha venido a vivir aquí, a pesar del mal tiempo y de lo cara que está la vida. Les prepara platitos, ñame al horno, batatas. Habla a menudo de sus hijas, pero todavía no las he visto nunca.

Hoy está aquí mi chica, la morena que quería morirse, y Aminata está hablando con ella, con ese sentido del humor tan suyo, y le viene de maravilla. Le habla de su país de África que las personas de aquí no conocen, para ellas es un país de salvajes:

—¡Y eso que es aquí donde de verdad está sucio! Aquí la gente hace pis en el suelo, como los perros, huele mucho, y además hay papeles por todas partes, nadie los recoge.

La muchacha se echa a reír y Aminata continúa:

—Y además, ¿por qué no saluda la gente? ¿Por qué siempre parece enfadada? Nadie te pregunta nunca qué tal, nadie te conoce. La gente ni siquiera te mira. Todo el mundo es igual, con la cara muy blanca, se viste con la misma ropa triste, llevan todos lo mismo, nunca se ponen ropa de colores, van vestidos todo de azul y de gris. ¿Por qué las mujeres no llevan vestidos de flores? ¿Por qué nadie lava delante de su casa? Aquí les dais las escobas a los africanos, los vestís de verde y los mandáis a la calle, ¡venga, a barrer!, y nadie habla nunca con ellos. Habláis mal de África, pero ¡sois vosotros los que aún tenéis esclavos! Y, francamente, no entiendo por qué está todo tan sucio, porque nadie come en la calle, aquí la gente se encierra para comer, lo hace a escondidas, come, paga y se va.

Cuando en la tienda de alimentación no la atienden, protesta a su manera:

—Pero, hombre, ¡cómo no me ve usted con lo grandota que soy!

El tendero se encoge de hombros y rezonga:

—Oiga, tampoco es para ponerse así.

Aminata contesta y sus palabras han llegado hasta mí como un soplo de verdad:

—¿Es que para usted los africanos somos invisibles?

Y he pensado que era cierto, para la gente de esta ciudad los forasteros son como manchas de color que se deslizan por el paisaje gris, manchas que pasan, que van y vienen, y que un día desaparecen.

Aminata vive muy lejos, al final de la avenida Daumesnil, más allá de la puerta que da paso a la periferia, en una zona donde hay sobre todo personas como ella, africanas con vestido largo, antillanas, mauricianas. Coge el autobús para ir a limpiar casas al centro y para hacer la compra mientras sus hijas están en clase. Quizá albergue la esperanza de toparse un día con un mercado, en una plaza, al final de la extensa avenida, con gente empujándose y hablando a voces, música, camiones descargando verdura, sonidos de corral y ovejas balando. Espera reencontrarse con los olores de su ciudad, la fruta pudriéndose tranquilamente en las cunetas, el puesto del carnicero y la sangre desabrida, el rumor de las moscas zumbando. Pero cuando llega al soportal, de pronto está cansada, no se aventura más allá. Lo único que se encuentra es esa calle larga donde la gente se empuja sin verse, como ciegos sin manos, coches con las ventanillas cerradas y papeles muertos que corren al viento.

Sigue diciéndole a la muchacha:

—¿Sabes de qué tengo ganas? Tengo ganas de polvo, de nubes. En mi tierra, cuando sopla el viento, hay mucho polvo, como arena amarilla, ¡qué bonito es y qué bien huele! Y cuando llueve, los niños corren por toda la calle y se meten debajo de los canalones para lavarse.

Dice riéndose:

—¿Sabes?, cuando llegué aquí me creía que la gente tenía a todos sus hijos encerrados en una casa muy grande, por la ciudad, porque nunca veía a ningún niño en la calle. Y le preguntaba a la gente: «Pero ¿dónde se han metido los niños?». Y también preguntaba: «¿Dónde están la selva y el río, dónde están los pájaros?». No entendía nada, me creía que, si buscaba bien, lo encontraría todo igual que en mi tierra.

Se queda mirando a la muchacha y piensa que la ha ofendido con sus observaciones. No quiere dejarle una mala impresión:

—Esto son cosas que pienso yo. A mis hijas les gusta estar aquí, están estudiando, van a sacarse un título. Y además, aquí se pueden comprar muchas cosas, tienen a sus amigas, por la noche salen a divertirse, van a bailar, van al cine. Ya no quieren volver a nuestro pueblo. Ni aunque a veces les digan cosas racistas, aquí están en casa.

Tiene los ojos muy dulces, siempre brillantes con la perla de una lágrima al borde del párpado. Hace gestos muy lentos, muy amplios, y cuando está esperando, se apoya en una sola pierna, con el torso un poco hacia atrás y la barbilla apoyada en la mano. Le dice a la muchacha:

—Bueno, ahora tengo que volver a Daumesnil, mis hijas estarán a punto de llegar a casa.

Antes de marcharse le ha puesto la mano en la frente a la muchacha, un gesto leve y cariñoso, y su benevolencia se ha irradiado por toda la calle, por debajo del soportal hasta el parque de Babylone. Pero creo que nadie lo ha visto, solo yo y la muchacha perdida. Se ha marchado por la sombra del soportal, sin volverse, moviendo las caderas despacio, y el vestido largo amarillo, verde y rojo brillaba en medio de los transeúntes, hasta que desapareció. Pero yo sabía que volvería a verla, mañana, mañana, una vez más, otra vez. Gracias a ella vivo día a día.

¿Conocéis a la fantasma del metro? No resulta indiferente. Puede que sea la primera persona humana de este barrio, de estos pasillos. La muchacha de pelo negro la localizó hace algún tiempo. Puede que en la soledad no se vean las mismas cosas que ven los demás. Le habla de ella a toda la gente con quien se encuentra, como si fuera la persona más importante del barrio. Pero quienes la han visto no saben nada de ella, nada sino lo que se puede imaginar. Dicen que es una pobre loca cuya vida se detuvo un día de mayo de 1958 cuando mataron a su novio Vincent en la guerra, en Argelia, durante un desfile en Aurés, de una ráfaga de fusil ametrallador. Dicen que se llama Gabrielle, u Ophélie, que es rusa o polaca, que es rica, que posee bancos, establecimientos, hoteles, y que vive por algún barrio elegante, en la última planta de una torre, con sus criados y sus gatos. Dicen que su novio era alumno de la Escuela de Bellas Artes y por eso ronda siempre por los mismos pasillos del metro, entre el puente de Saint-Michel y el parque de Babylone.

Está ahí, todas las tardes, un poco antes de que acabe el día, cuando se pone el sol. Camina por los pasillos, sube y baja las escaleras, a veces se sube en algún metro al azar, viaja hasta la estación siguiente, da marcha atrás. Es alta y flaca, debe de ser vieja pero es imposible saber qué edad tiene. Tiene la tez pálida y los rasgos regulares, aunque el arco ciliar impide ver claramente de qué color tiene los ojos, pero unos dicen que verdes, y otros que gris acero. Oculta el pelo con un pañuelo grande. Lo que resulta más sorprendente es el vestido: bastante largo, un poco acampanado por debajo de la rodilla, de un material liviano, irreal, una gasa de color claro, ora azul pálido, ora gris, a veces beis o amarillo. Siempre en tonos pastel. El vestido parece huidizo como ella, inmaterial como ella, sacado de otra época, un vestido para ir a bailar el tango o el *be-bop*, un vestido para una fiesta de jardín florida, en primavera, a la luz de las luciérnagas. De hecho, lleva todo el año el mismo calzado, unas alpargatas blancas con suela de esparto atadas a los tobillos con cintas.

Nunca está quieta. Siempre está andando, corriendo, o más bien deslizándose, es tan liviana que ni siquiera se le ve el movimiento de las piernas. Parece que vaya flotando por encima de la calzada, sin hacer ruido, como si anduviese de puntillas. Está aquí un instante, y al instante siguiente ha desaparecido, tan deprisa que te hace dudar de si la has visto realmente. Ya entrada la noche, aún sigue por los pasillos, se aventura hasta Montparnasse o los andenes del RER hacia el museo de Orsay. Nunca pasa de ahí. Es como si la retuviese una frontera invisible. A veces tiene una expresión de sufrimiento en el rostro, hasta que se le borra. Nadie ha hablado realmente con ella, nadie se atrevería. Tiene la mirada transparente, perdida en la lejanía, al otro lado de estas paredes y estos agujeros negros. Te pasa por encima, sin detenerse, parece la mirada de un animal a través de un cristal.

Todas las noches, a lo largo de los pasillos, a lo largo de los andenes, pegada a las paredes, huyendo, deslizándose, rozando. Pero nadie la ha visto después de medianoche. Cuando se acerca la medianoche, aun estando a veinte metros bajo tierra, ella lo sabe. Desaparece, vuelve a sus dominios, a sus bancos, sus negocios y su hotel. Nadie la ve más de una vez al día.

La muchacha de pelo negro la busca todas las tardes. Si no la ve, se preocupa. Pregunta por ella a los transeúntes, pero se encogen de hombros. No la creen. Entonces se dirige a un inspector en el andén, intenta explicárselo:

—Alta, elegante… con un vestido largo de gasa clara, chal, alpargatas… Pasa todos los días por este andén.

El hombre niega con la cabeza, no ha visto a nadie. Puede que se le haya olvidado. La gente se apresura, se empuja, son las seis, es la hora punta.

—Vamos, no se quede ahí, ¿no ve que está obstruyendo el paso?

Nadie ha visto nada. Para toda esta gente impaciente por volver a casa la mujer del vestido claro y las alpargatas no existe. Con la misma levedad con la que pasa, se borra de la memoria. Es un soplo, un sueño, se puede colar dentro del cuerpo de otro o desaparecer por las canalizaciones subterráneas. Una tarde está aquí, y al día siguiente, a mil kilómetros. Puede introducirse en el circuito de las cámaras secretas que espían la ciudad hora a hora, calle a calle.

TO 15
Llegada 7 abr 2000 | 19:02

Llegan desde todas partes al mismo tiempo. Son tantos que no logro verlos por separado. Son una masa viva, compacta, que empuja hacia delante, que se divide, cambia de forma, se desmenuza sin seguir ninguna regla. Vienen de Prisunic, del centro comercial, de las oficinas. Van hacia los bulevares, hacia los aparcamientos, hacia la estación. Es como todos los viernes al caer la tarde.

Los estoy esperando. Sé que van a llegar, y por eso estoy acechando, barro la calle con mi impaciencia, estoy deseando que lleguen con toda mi esperanza. Mis tres niños, así es como los llamo. Está Max, o Porthos, el más alto, con el pelo muy corto, casi al rape, la tez encarnada, manos y pies grandes, a los quince años ya mide un metro ochenta y debe de pesar unos noventa kilos. Tiene cara de buenazo, con ojos sorprendidos y una arruga en forma de coma en mitad de la frente. Está Athos, un poco menudo para ese papel, con el pelo rizado y negro, orejas de soplillo y nariz respingona, un aspecto de lo menos noble. Tiene más de Mickey Mouse que de mosquetero; de hecho, en realidad se llama Miguel. Y por último Aramis, es Leticia, la hermana de

Miguel. Es delicada y guapa, tiene las mejillas lozanas y los dientes muy blancos.

No me acuerdo de cómo los vi la primera vez. Mi muchacha de pelo negro me habrá guiado hasta ellos. Entraron en la imagen sin que me diera cuenta y, de repente, fue como si la multitud se apartara y cayera del cielo un rayo de luz. Puede que las farolas se encendieran en ese instante, o bien que se abriera un claro en el crepúsculo, justo al pie de la torre. Lo que es seguro es que hubo una señal.

Al principio pensé que eran fugitivos de fin de semana, chavales de barriada que se escapan de casa el viernes y se quedan rodando por el centro hasta el lunes por la mañana. Nadie sabe de dónde vienen. Mantienen celosamente el máximo secreto sobre su lugar de origen. Hacen varios transbordos de tren, cogen el autobús, el metro, hacen autostop. Si no llueve, aunque haga frío, duermen en los parques públicos o en el patio de los edificios. Las noches de lluvia o helada, se refugian en la estación de Orsay, o en Roissy. A veces encuentran el hueco de una escalera y se acomodan en el último piso, en el rellano. Pero nunca se quedan debajo de los puentes, porque allí violan y matan a los niños.

Siempre están juntos, Leticia, su hermano y Porthos. Van a pie, callejeando, hablando con la gente, contado sus historias. A menudo, antes de verlos, oigo su voz y sus risas, como un sonido de vida en medio del rumor sofocado de la ciudad. Me encanta oírlos, me transmite una sensación de optimismo, me refresca, me calma los dolores. Bebo sus palabras como un agua de la eterna juventud. Paran a la gente en la explanada, al pie de la torre, y se inventan leyendas increíbles. Max dice que son cabileños de un pueblo muy lejano, perdido entre las montañas, allá, al otro lado del mar. Tuvieron que huir porque hubo una invasión, gente armada con fusiles que llevaba perros. Dicen que un día todos los perros de París se rebelarán y ocuparán el lugar de sus dueños.

Miguel dice que su hermana es vidente, que es capaz de entrar en trance con una foto, con un nombre, con una imagen, sabe predecir el futuro. Ha visto en sueños cómo llegaban invasores, su ejército de perros salvajes... Dice que París pronto sucumbirá a una gran crecida, un aguacero que durará días y días, y el agua de todos los arroyos irá creciendo lentamente, y el Sena será tan ancho como un mar de lodo. Así que van todos los días a ver la torre, porque allí es donde la población encontrará refugio, como Noé en su barco. Leticia gira sobre sí misma como un derviche, hasta que se marea, y entonces se sienta allí mismo con las piernas cruzadas y los puños hundidos en los ojos:

—Escuchad la tormenta que brama en los manantiales, ¿oís los truenos, veis los relámpagos? La crecida pronto llegará, va a subir el nivel del agua...

Pero la gente se va encogiéndose de hombros, hay bromas y cachondeo. Le importa un pito. Miguel se ha sacado del bolsillo un objeto mágico que ha encontrado su hermana y se lo enseña a los transeúntes:

—Miren, es una piedra radiactiva, viene de los muelles, la ha traído el río, viene de una central nuclear, brilla en la oscuridad, por eso nuestra hermana tiene visiones.

Leticia ya no dice nada, está pálida, parece cansada. De vez en cuando, Miguel se inclina y ella le susurra algo al oído. Puede que sea una profecía. Pero en la explanada nadie les hace caso. Solo los observa la muchacha de pelo negro, desde su rincón.

Ya se acerca el verano. Lo veo en el color amarillo del cielo, en la luz que dura hasta las ocho o las nueve, incluso hay insectos volando por encima de este mundo de piedra. Las nubes se deslizan, borran a ratos la cúspide de la torre. Los tres niños se inventan países, nombres de ríos, ciudades blancas con monumentos y parques plantados de cerezos, están en la India, o más lejos aún, en Japón. Están en Marruecos, en México, en Normandía, puede que en Dijon. Creo que ni siquiera ellos mismos saben muy bien quiénes son ni de dónde vienen. Las suyas son historias que dan ganas de reír y de llorar, historias de soledad, de abandono. Son mis niños, que han recalado a orillas de la extensa explanada por la que se deslizan los patinadores, bajo las ventanas de la torre que ascienden hasta el cielo rojo.

Un instante están aquí, y al siguiente se han ido a la otra punta de la plaza, en busca de alguien que los escuche. Y ya están de vuelta. Van acompañando a tres mujeres de cierta edad, puede que extranjeras. Les hablan con una especie de nerviosismo, de impaciencia, tratando de pisarse las frases mutuamente.

Miguel:

—Mi padre es diplomático, ¿sabe?, somos refugiados políticos, venimos de un país muy pequeño, nadie sabe dónde está, ni siquiera ustedes han oído hablar de él nunca, se llama Baluchistán.

Leticia:

—Tuvimos que pasar por China, en Shanghái cogimos un barco hasta Hong Kong; allí trabajé de modelo, y cuando reuní bastante dinero nos vinimos aquí en avión.

Porthos:

—Se lo juro, es la verdad, fíjese, tengo un tatuaje chino en el brazo —Enseña el bíceps con un dibujo de manga.

Las mujeres se han escapado pero otros transeúntes se paran y escuchan, forman un nudo que va girando por la plaza. De repente, los niños son visibles, captan las miradas como el agua vaporizada en un pelaje.

—Somos de Baluchistán, somos refugiados, tienen que ayudarnos.

Algunas personas les dan monedas, otras se burlan. Los tres niños cuentan cosas absurdas, lo dicen con tanta convicción que incluso ellos deben de creérselas. Hasta que cae la noche y las luces de la ciudad se encienden. Pasa menos gente, hay coches patrulla rondando. La torre va a cerrar. Entonces los niños se van, los veo corriendo por la plaza, hacia las escaleras, gesticulando y armando bulla. Desgajan unos instantes de libertad, unas risas, canciones, pedazos de sueños.

Son mis niños perdidos. A Porthos lo expulsaron del centro de formación profesional donde se estaba sacando el certificado de profesionalidad en electricidad y electrónica. Cuando su padre supo que lo habían echado, cogió una carabina y lo amenazó, y Porthos se fue tan deprisa que perdió los zapatos. Leticia tuvo un novio al que pillaron vendiendo costo, se fue de casa porque su padre quería encerrarla. Su hermano se marchó con ella. Se pasan casi todo el tiempo en la calle, su horizonte son estas plazas, las líneas de los edificios, los pasillos del metro. Están como yo, arrojados al azar, buscando un milagro, buscando un ser humano que los escuche y los haga vivir. Van rebotando de pared en pared, de mirada en mirada. Puede que no vuelva a verlos, son tan frágiles… Duermen en las estaciones, en los almacenes. Van rozando la muerte, pero les hace gracia.

Se han ido, la noche cae en la explanada. Lo único que sigue moviéndose son los coches, en los márgenes de mi campo visual, a izquierda y derecha los faros encendidos se arrastran por la calzada. Llevan su cargamento hacia las puertas de la periferia, huyen del centro urbano. Me gusta el vacío que excava su oleada. Cuando llega la noche, por fin puedo salir de mi cuerpo, meterme en el cuerpo de otro, de otra.

Todo se sosiega, se llena, como si estuviera subiendo la marea.

BAB 88
Babylone 19 may 2000 | 20:00

Sigo en mi puesto, en el eje de la entrada. Desde aquí puedo ver
hasta el fondo del edificio, los lineales a los que se quedan engan-
chados los transeúntes, las cajas registradoras iluminadas como
barcas. Del otro lado, el parque, los árboles de copas negras contra el cielo claro, y oigo los chillidos de los mirlos, que se angus-
tian cuando se acerca la noche. Es otro atardecer, un atardecer
más en la serie de atardeceres. Mi mirada me arde. Hace meses,
años, que no se apaga. Tengo que estar todo el rato enfocando,
abriendo y cerrando el diafragma, mi pupila se asemeja a un corazón dolorido. La vida es una búsqueda cruel de la luz, luz de
las ciudades, luz de los desiertos, luz de la arena que llena la boca
de los que se caen. Luz de los sueños. No puedo dormirme. Dormir es la paz, solo los niños deslumbrados y los amantes saciados
pueden dormir, y yo estoy sola, estoy vieja y sola.

   No se me puede escapar nada. Ni los movimientos de los transeúntes, ni las miradas, ni las palabras, ni siquiera las intenciones.
Acecho las pasiones y lo único que encuentro siempre son intenciones. Este de aquí, ese hombre anónimo con terno marrón que
lleva una maletita: ¿ha pensado matarse? Ese otro, el de la coronilla

calva, gafas de miope con cristales teñidos y el cuello de la camisa abierto: ¿es un detective privado al que un marido le ha encargado que espíe a su mujer adúltera porque está decidido a no pagar ni un céntimo de pensión? Las cajeras: no se me puede escapar nada. Una de ellas, delgadita, de nariz puntiaguda y con moño, sé que todas las tardes deja que una amiga pase un carrito lleno de víveres. Pero miro hacia otro lado, hacia el fondo, en el momento en que la caja marca los precios. El vigilante está de pie en la entrada, fumando mientras mira hacia el parque. Es alto, de piel oscura y pelo al rape. Henri, se me ha quedado su nombre. Es un nombre raro para un guarda. Aunque tiene un aspecto feroz, es tan manso como si aún estuviera en su isla natal, en Sainte-Anne, mirando el mar.

Las cifras van desfilando por las cajas, quedan marcadas. El dinero pasa de mano en mano. 3,50 24,15 71,00 45,00 2,25 112,60 45,00.

Los trozos de frase, las palabras cortadas: krrzi, hay una krrr uituit de los niños exacto le dije vislogram ustd la verdad le dije eso es zi en fin normalmente normolmente qué kré uit dónde yolgua verdad.

Los rostros, los cuerpos, cada arruga, cada marca, el plieguecito inferior de la boca, debajo del labio, los tendones del cuello, los tres tajos en la nuca cerca del cogote, las clavículas, los hoyuelos, el canalillo. Las manos, a veces tan bonitas, otras tan bastas, las muñecas, los gestos. Las manos que se vuelven, los dedos estropeados por el trabajo, por el agua jabonosa.

¿Acaso soy la única que pasa revista, examina, memoriza, y al servicio de qué inventario, de qué ciencia? ¿Quién va a leerme la memoria? ¿Acaso Vincent encontrará algún día todo lo que he preparado para él, todos los itinerarios, los planos, los apuntes?

Las escenas descabelladas, las escenas relámpago. Puede que no sean descabelladas, pero solo significan algo por un instante, y luego habrá que olvidarlas. Una mujer alta, totalmente de negro, que espera de pie, delante de la puerta, con la tripa abultada por el niño que lleva en su seno desde hace seis meses. El rostro tenso a la luz de los neones se ve muy dulce, muy equilibrado, como una estatua griega, y tiene un nombre magnífico, Dalila. Se queda ahí, sin hacer nada, con las manos juntas bajo la punta de la tripa, con la cabeza un poco inclinada, y nadie le dice nada. Más allá, al borde de la acera, pegados al extenso parque, pero sin mirarlo, una pareja de enamorados en los que no me había fijado antes y a los que probablemente no vuelva a ver nunca. Oigo retazos de lo que dicen, mezclados con los chasquidos de los coches:

—Que sí, kraa, quiero quedarme contigo.

Él:

—Estoy harrrrto, uit dices eso y luego sales con Ahmed.

Ella grita y todo el mundo se da la vuelta, se alejan, vuelven, parece un baile:

—Que tlo juro, Paul, rraaan contigo uitui estoy bien.

Los motores trocean las palabras.

Poco antes de la hora de cierre, mi muchacha, la morena amiga de Renault y de Aminata. Está dentro de la tienda, observa a una niña, de cara ancha y requemada por el frío, ojos negros que miran de soslayo, pelambrera castaña tirando a pelirroja, con pinta de gitana, pinta de árabe o de española, que está robando algo en los lineales. Ha cogido algo que se ha escondido dentro de la cazadora y aprieta el brazo contra el pecho plano. La muchacha se acerca:

—¿Qué has mangado?

La ladronzuela:

—¡Yo no he cogido nada!

La muchacha se inclina hacia ella.

—Oye, no mientas, te he visto, deberías tener cuidado, te están vigilando, tienen cámaras por todas partes.

La niña mira a su alrededor. Titubea, puede que esté pensando en salir huyendo. Tiene el cuerpo musculoso de un chico, la ropa que lleva la incomoda.

—Venga, enséñamelo, que no diré nada.

La niña se abre la cazadora, enseña una tableta de chocolate con leche.

—¿Eso es todo? Anda, ven, que la pago yo.

La muchacha morena acompaña a la cría hasta las cajas y paga la tableta. A los pocos segundos, la niña va andando por la calle, con la tableta metida en una bolsa de plástico. Se da la vuelta y luego corre hacia el parque, vuela, parece un mirlo.

Cómo te añoro aquí, Vincent, a veces me parece que te voy a ver cruzando el campo visual. Pero las imágenes no son como la memoria, no pueden retroceder en el tiempo.

BAB 19
Babylone 03 jun 2000 | 22:30

Voy avanzando hacia mi final. El final de un día, el final de un carrete, el final de una tarea.

Yo qué sé ya. Estoy quemada de mirar, me cuesta enfocar. Ya no soy más que una pupila que se dilata y se contrae al ritmo de mi corazón. Incluso cuando todo se apaga, cuando toda la ciudad está durmiendo, yo acecho. Acecho cada cosa que me pasa por delante, cada cosa que se estremece encima de la piedra, cada papel que rueda cuando lo empuja la respiración de los corredores. Mi mente no puede detenerse. Estoy atrapada en una especie de insomnio eterno e invencible.

Recuerdo que Vincent me dijo: ¿de qué sirve inventarse personajes e historias? ¿Acaso no basta con la vida?

Él, que soñaba con un arte absoluto, que podía cubrir cada instante de la vida con una piel nueva y brillante, con agua dulce, con una atmósfera. Él, que soñaba con una película donde cada uno sería a la vez maestro e intérprete, un poema en acción que haría brillar el tiempo como un polvo de oro, como la mica de los peldaños del metro. Yo no sé lo que es el arte, sé que el amor es lo único digno de ser eterno.

Todavía conservo en mi mano el calor de la suya. Éramos dos niños, sin historia, sin pasado. Andábamos por esas calles que parecían infinitas, entre el liceo y la Escuela de Bellas Artes, entre Saint-Germain y el parque de Babylone. Nuestra estación no tendría que haber acabado. En Argelia había una guerra, pero no tenía que ver con nosotros. Nosotros creíamos que los pueblos tienen derecho a disponer de sí mismos. Él me dijo:

—Si tengo que ir, te juro que nunca apretaré el gatillo del fusil.

Él, que creía en un mundo donde todos serían visibles, donde ya no habría fantasmas.

Voy avanzando hacia mi final, día tras día. ¿Ha sobrevivido algo de nuestra época?

A ti, Vincent, te doy estas imágenes descabelladas o demasiado cuerdas. Nos une nuestra forma de mirar las calles, las sombras de los pasillos.

Renault, que sabe cómo se llaman los *Couscous-tapis,* Renault, sentado en su trozo de Dragon como un gurú en los peldaños de los *ghats* de Benarés, con el agua que se lo lleva todo al mar.

A ti, las escenas graciosas, esa mujer a la que pillé orinando, acuclillada en un corredor de Denfert-Rochereau, con el culo blanco que parecía una luna brillando en la oscuridad bajo tierra. Un señor mexicano menudito, en la esquina de un pasillo, haciendo girar peonzas por sus brazos y hombros. Dos mujeres, una blanca y una negra, cantando góspel delante de la entrada de Montparnasse. Leticia y sus hermanos bailando en la explanada y lanzando al viento la historia de su vida inventada.

A ti, las historias tristes, agridulces, la chica de los ojos claros sentada detrás de la caja que a ratos se aprieta el vientre porque le falta un trozo de carne. La oficinista que está sentada en el andén y que, a causa de que el metro se ha averiado —habrá habido un cortocircuito en algún sitio, un fusible quemado—, se inclina hacia la mujer de al lado y de buenas a primeras le cuenta la historia de su vida; la avería le ha puesto en marcha las palabras, le ha desatado la memoria, lo suelta todo, el marido que le pegaba, que la engañó, los hijos que la dejaron tirada, los amigos que le dieron de lado.

A ti, la madona gitana de la calle de Le Bac, de pie, pegada a la pared de la Medalla Milagrosa, estrechando en brazos a su recién nacido, no mayor que una muñeca, envuelto en trapos, y sin nadie que le lleve regalos, sin una sola estrella en el cielo.

A ti, Vincent, mi muchacha de pelo negro, por quien conocí a los mosqueteros de la torre. Me temo que quizá no vuelva a verla. Ayer la oí hablar con Renault. Estaba susurrando pero pude oírla, o puede que le leyera los labios. Su novio ha vuelto, va a trabajar en un astillero en Inglaterra y ella se marcha con él. Como despedida le ha llevado a Renault una buena botella y un bocadillo, los ha dejado en la acera, a su lado, como de costumbre, a modo de ofrenda. Él ha comprendido que se había terminado, que no volvería a verla, pero solo dijo:

—¿Qué? ¿Lo ves? Ya te dije que volvería.

Y se puso a hablar de otra cosa, de su vida en la fábrica, de los *Couscous-tapis* que ya no existen. Su trozo de acera se parece más que nunca a un andén, donde todo llega y se va.

Los seres humanos están por todas partes. Se mueven por la superficie, a ras de suelo, como un humo. Llenan los huecos que dejan los hombres-máquina y sus máquinas, los invasores y sus perros. Son mis hijos, han nacido de mí, los he llevado dentro de mi cuerpo, me he mezclado con su aliento, sus anhelos, su mirada. Son los hijos de Vincent que no tuve.

No es cierto que yo no sea más que un mecanismo, una caja negra dotada de una memoria magnética. Puedo calibrar a los seres, lo sé todo sobre su calor, ardo con los mismos deseos, tengo sed igual que ellos, y miedo igual que ellos. Me alimento de sus sueños.

Ahora voy a dejar mi puesto y a bajar. Voy a respirar el olor acre y familiar de los seres humanos. Bajo tierra, los corredores dan a otros corredores, hay puertas nuevas todo el rato. Las galerías se dividen, los metros parten hacia destinos nuevos, llevándose a los pasajeros.

Aquí el tiempo queda abolido. No existe el miedo a la muerte. Es el lugar de los transeúntes. Voy a mezclarme con ellos, voy a correr a paso ligero, me he atado las alpargatas hasta media pierna, como para una corrida. Voy a elegir qué vestido me pongo, esta noche creo que será uno amarillo paja, es un tono que pega con la estación que está empezando. El chal será beis claro, color arena. Es el color que le gustaba a Vincent, se marchó a Aurés con su colección de frasquitos para traerme arena de allí. Y yo ni siquiera tengo un poco de la tierra que se bebió su sangre.

Pronto estaré lista. Voy a bajar a reunirme con Vincent, voy a dejar que me lleve su mirada como un moscardón entregándose a un rayo de sol. Voy a zambullirme en las galerías, voy a rozar a mis fantasmas.

Puede que algún día todo esto se detenga. Puede que un día los seres humanos se vuelvan total y magníficamente visibles. Renault, Aminata, la muchacha de pelo negro. La ladronzuela de la cara requemada, la oficinista, la chica de los ojos pálidos que ha perdido a su bebé, el carterista que viaja de vagón en vagón. Puede que algún día el amor esté por todas partes, que cubra cada momento de la vida con polvo de diamante. Puede que no haya más soledad.

Ahora voy a cerrar mi pupila. Voy a soltar mi diafragma. La mano blanquísima y apergaminada, pecosa y de largos dedos, apretará el botón que apaga todas las pantallas.

Stop.
Eject.

El amor en Francia

«Aquel cuyo corazón solo vive de amor no morirá
jamás».

HafEz de Shiraz (*c.* 1325-1388)

Texto publicado en 1993 en la revista *Le Courrier de l'Unesco* con el título «Le souvenir de toi, Oriya».

El recuerdo tuyo, Oriya, esposa mía, y vuestro, Samira, Jámila, Ali, hijos míos a los que quiero. He empezado por tu nombre y por tu nombre termino, Oriya, mujer mía, porque eres a la que más quiero en este mundo.

Cuando me fui de Tata, hace tres años, cuando dejé todo cuanto amaba, cuanto conocía desde que nací, la casa de mi padre y de mi madre, no tenía nada que llevarme. Éramos tan pobres que tuve que irme, así que me llevé lo más valioso que tenía, vuestros nombres.

Sobre todo tu nombre, Oriya. Es muy dulce y lo repito todos los días, todas las noches. Tu nombre me da la fuerza, me hace trabajar, es mi bendición.

Oriya, tu nombre me emociona y me llena de felicidad cuando lo pronuncio. Está en lo más hondo de mí, se me ha metido en el centro del cuerpo, a veces me parece que lo llevo dentro desde que nací. Todas las noches, cuando vuelvo cansado de la obra de Guiglione, entro en el cuarto de la calle de Italie que comparto con el tunecino Malik y me tumbo en el colchón. Ya no oigo el ruido de la televisión, no veo la luz azul que trastabilla por el cuarto, ni esas imágenes sin sentido, esas imágenes de las que tú, Oriya, nunca formarás parte. Malik mira el televisor hasta que se queda dormido. No habla, lo ve todo, el mundial de motociclismo, la competición de vela, El motín del Caine, Daktari, Wonder Woman, La Rueda de la Fortuna, The Young and the Restless, Hong Kong connection, Mcgamix, Jonas Makas, Jacknife, The Highwayman, Mundial 90, Supermán IV, 7 sur 7... Se queda mirando esas imágenes, a veces me da la sensación de que se va a volver loco. Cierro los ojos, echado en el colchón, al lado de la ventana, y tú, Oriya, te me apareces. Malik no te ve. Soy el único que te ve en este cuarto angosto, porque tengo tu nombre escrito en lo más hondo y estoy esperando que llegue el día en que pueda volver contigo. Tu nombre está escrito en una frase muy larga que no se acabará nunca, una frase que se encamina lentamente hacia ti, al otro lado del mundo donde me estás esperando.

Entonces puedo verte. Estoy tan lejos de vosotros, en esta ciudad, en este cuarto. En la buhardilla, en invierno hace frío y en verano nos asamos. Tenemos los colchones tirados por el suelo. Malik tiene el colchón de al lado de la puerta, y yo el que está al lado de la ventana. En medio está el colchón de Slimane, el hermano de Malik. Hace una semana a Slimane lo aplastó una pared mal apuntalada en la obra de Guiglione. Perdió el brazo derecho. No podrá volver a trabajar. Malik lo cuenta como si fuese una suerte, le van a dar dinero. Cuando salga del hospital, volverá a Túnez, con su mujer y sus hijos, y abrirá una tienda de pan y bollería con el dinero del brazo que ha perdido.

Malik ha comentado eso y luego ha seguido viendo la televisión, con la cara llena de ira. He pensado, sin querer, en qué dirías tú, Oriya, si a mí me pasara lo mismo. Si volviera a casa mutilado. En qué dirían nuestros hijos. Me gusta dormir al lado de la ventana. En primavera, por las mañanas, puedo adivinar qué tiempo va a hacer. Oigo el chillido de los vencejos.

Me parece ver algo de la luz de Tata, la luz que tú ves con tus ojos, Oriya. Tata, también me gusta decir ese nombre. A la gente de aquí le hace gracia ese nombre. No lo entienden. Lo digo bajando la voz, para disculparme de que ese nombre les parezca gracioso, para darles a entender que qué le voy a hacer. Es un nombre muy dulce, un nombre como el tuyo, Oriya, que me da la vida y la fuerza. También digo los nombres que me sé, los pueblos, los mercados. Son como los nombres de mi familia.

Souklleta, Tazart, El Khemia, Aigge, Imitek. Los digo con los ojos cerrados, y estoy a tu lado, Oriya, aunque mi cuerpo esté lejos del tuyo, aunque mis manos no puedan tocarte, aunque no coma de tu pan ni beba de tu agua.

Veo tu sonrisa, oigo el murmullo de tu voz en mi oído, cuando le cantas una nana a nuestra hija a la que aún no conozco. Veo la chispa de tus ojos presa en los párpados pintados de kohl, huelo el perfume del pelo que te peinas al sol por la mañana, en el patio de las mujeres. Te veo, como tiempo atrás, cuando te espiaba a través de las cortinas de la ventana, en la sala de los hombres. Han pasado las estaciones, lejos de ti, Oriya, lejos de vosotros, hijos míos. En invierno hace tanto frío en las obras que solo el recuerdo tuyo, Oriya, el recuerdo de tu voz y de tu mirada, solo eso me mantiene con vida. Por ti apilo los bloques de cemento de 20, vierto el hormigón en las ferrallas oxidadas, fijo los largueros de los tejados con la clavadora, aliso el yeso en las paredes.

Me llamo Abdelhak, mi padre se llama Rebbo y mi madre, Khadidja. El jefe Guiglione no consigue recordar mi nombre, o no quiere. Me llama Ahmed. Todos los yeseros se llaman Ahmed. ¿Qué más da? Por ti alzo la pala, por ti arrojo el cemento, levanto paredes con los bloques. Día tras día, mes tras mes, levanto las paredes, aliso el yeso. He construido más casas de las que podrían necesitar las familias de Tata, he construido ciudades enteras. Cuando haya ahorrado dinero suficiente, volveré, Oriya, y nunca más estaremos lejos tú y yo.

El sol me quema el cuerpo, el frío me escuece la piel y el peso de las paletadas me quebranta los miembros. Ahora ya me he acostumbrado. Cuando llegué a esta ciudad, hace tres años, aún era frágil y tierno como un niño. Por las noches estaba tan cansado, me sentía tan solo, que me tumbaba en el suelo y dejaba correr las lágrimas. Vivía en una sala dormitorio, con negros y tunecinos, encima de un bar, y la luz de los tubos de neón formaba una mancha sanguinolenta en la ventana. Se oía el ruido de los coches en la calle, la voz de los borrachos que reñían, mujeres gritando. No había niños, ni dulzura. Fue entonces cuando empecé a invocar tu nombre, Oriya, y el nombre de cada uno de mis hijos, y el nombre de Tata. Fue entonces cuando recuperé el recuerdo del día en que te conocí, Oriya, mujer mía, en el palmeral grande del río, el día de la fiesta, cuando fuiste con el cortejo de muchachas a llevar el polen para las flores de las datileras. El aire era liviano, lo recuerdo bien, el polvo de oro flotaba en el cielo. El valle retumbaba de cánticos. Cuando el cortejo pasó delante de mí, te vi, Oriya, la chispa de tu mirada se me metió dentro y jamás ha vuelto a salir.

Supe que eras mi mujer. En el invierno gris y blanco de las obras, en esta ciudad tan lejos de ti, el recuerdo de ese día siempre sigue presente. Es lo que me da fuerzas, es lo que carga la pala, es lo que levanta los sacos de cemento y de yeso. Aun con los domingos vacíos, los bulevares de polvo, las explanadas del miedo, solitarias y sin niños, con la maldad de los hombres que buscan una víctima, el recuerdo de aquel día en el valle de las datileras no me abandona. Es a ti, Oriya, a quien veo. Llevas puesto el vestido de ceremonia, el oro del polen te cubre la cara y las manos. Y la chispa de tu mirada se mete en mi mirada, para toda la vida.

El río Taniers

Es un recuerdo antiguo, tan antiguo que podría habérmelo inventado, sin más. En el comedor de mi abuela, en la villa Idalie (el edificio de seis plantas donde vivíamos, en un piso abuhardillado de tres habitaciones, mi abuela, mi abuelo, mi madre, mi hermano y yo), la voz de mi abuelo resuena de forma extraña. Es una voz grave, ronca, con esa ronquera perpetua de los fumadores empedernidos, una voz musical, con el deje algo cansino y monótono del criollo mauriciano, la estoy escuchando, a punto de quedarme dormido. Hemos pasado la guerra, los momentos trágicos y cómicos, mi abuelo se negaba a bajar al sótano cuando la sirena de alarma avisaba de un bombardeo. Nosotros sí que bajábamos, mi abuela parece que se llevaba una botella de agua y una vela, el olor del serrín mohoso, del polvo de carbón (aunque hacía ya tiempo que no se encontraban bolas de coque), la penumbra. Puede que el rumor de las bombas, como un trueno lejano, en algún punto de la llanura del Var.

¿Por qué, entre todas las canciones y coplas que nos cantaba mi abuela para reconfortarnos, no para que nos durmiésemos, sino para mantenernos despiertos en la oscuridad del sótano, por qué esta no se me ha olvidado?

Mo passé la rivière Taniers
Rencontré en vieil grand maman
Mo dire li ki li fer la
Li dire mo li la pes cabot[1]

No salía de ella. Mi abuela no era criolla, había nacido en el este de Francia, en Beaurieux, en una llanura de remolachas. Allí no había ningún río Taniers ni *cabots*[2] en ningún río. Solo estaban la lengua picarda, las canciones francesas, los *Fais dodo,* los Colas, los molinos, los Arlequines y los Polichinelas,[3] y desde luego, no esa voz cansina, cálida y melancólica, esa voz de *nénéné*[4] negra, esa voz de noche calurosa rayada de insectos, de oscuridad cerrada de árboles gigantes donde se mueven los murciélagos, no existía ese estribillo triste y lento que hablaba de la fatalidad del exilio y del viaje sin retorno.

Waï waï mo zenfant
Faut travail pou gagne so pain
Waï waï mo zenfant[5]

1. Al pasar por el río (La)taniers / me encontré con una abuela vieja. / Le pregunté qué estaba haciendo allí / y contestó que pescando *cabots. (Todas las notas son de las traductoras a menos que se indique lo contrario).*
2. Pez autóctono de las islas Mauricio y de la Reunión.
3. Referencia a canciones infantiles tradicionales francesas: *Fais dodo Colas mon p'tit frère* (Duérmete, Colas, hermanito mío), *Meunier tu dors* (Molinero estás durmiendo) y *Arlequin dans sa boutique* (Arlequín en su tienda).
4. Ama de cría.
5. Ay, ay, hijo mío, / hay que trabajar para ganarse el pan. / Ay, ay, hijo mío.

La escucho y sé que es la voz de mi abuelo la que suena en su garganta, esa voz grave y musical, que dice el único poema criollo que he conocido jamás, el poema que procede del fondo de los tiempos, del fondo de la torrentera donde se encierra a los trabajadores negros por las noches, del fondo de la garganta de las mujeres que amamantan a sus niños, y sé que esa es la leche que bebió mi abuelo de pequeño, esa leche blanca de la *nénéne* negra, y que con esa leche bebió la letra de la canción melancólica de los sirvientes y las criadas.

Grand dimoune ki wa pe fer
Ça ki vieil reste dans la case
Li dire mo mo bien misère
Mo ena tout mo couraz

Waï waï mo zenfant
Faut travail pou gagne so pain
Waï waï mo zenfant
Faut travail pou gagne so pain[6]

¿Es una nana? Entonces hay que imaginarse los tiempos de antaño, los tiempos de hace mucho tiempo, cuando parte del pueblo mauriciano, que ni siquiera sabe que es el pueblo, que no se acerca a los amos más que con el espinazo doblado, que solo toca la boca glotona del bebé sonrosado que grita para que le den teta, que no entra en la casa de los señores más que para coger a

6. Anciana, ¿qué estás haciendo? / Los que son viejos se quedan en la choza. / Me dijo: «Soy muy pobre, / pero conservo todo el coraje».
Ay, ay, hijo mío, / hay que trabajar para ganarse el pan. / Ay, ay, hijo mío, / hay que trabajar para ganarse el pan.

esa cría de hombre, a esa niña, envueltos en telas tan finas y tan blancas que nadie más ha de vestir, para acunar, mimar, cambiar el trapo manchado de caca, lavar la piel irritada, y luego cogerlos en brazos, debajo de la *varangue*,[7] con la brisa, puede que por una vez con permiso para sentarse en el sillón grande de rejilla, y cantar su canción dulce y amarga, la canción de los tiempos *margoze*,[8] la canción de los esclavos.

Waï waï mo zenfant
Faut travail pou gagne so pain
Waï waï mo zenfant
Faut travail pou gagne so pain

Y en ese mismo instante, quizá, al otro lado de la valla de bambú y de los *jamlongues*,[9] a lo lejos, el canto de los trabajadores que cortan caña en el campo, la misma voz morosa y monótona, los mismos sablazos en las hierbas, los mismos gritos de los *sirdar* que van a caballo entre las cañas.

En las cabañas de tablones, a la orilla del mar, por las noches, la canción monótona se alza para los niños criollos. No ha desaparecido nada de todo lo que constituye la historia silenciosa de las islas del azúcar. Por encima de los jardines paradisiacos, todas las noches se alza el peñasco negro del monte Morne, semejante a la roda de un buque fantasma. Por encima, el cielo desfila, como si la tierra entera volcara, arrastrando las nubes, pero las estrellas mantienen fijo el peñasco, como para hacerlo eterno. ¿Quién sabe

7. Veranda.
8. Amargos.
9. Jambules.

cómo se llamaban los hombres y mujeres que se lanzaron al vacío para escapar de las milicias del gobernador Robert Townsend Farquhar, para reunirse con el alma sublevada de Ratsitatane y de Saklavou?[10]

¿Qué vieron, los que se escaparon, al acercarse al borde del peñasco, desde lo alto de esos trescientos metros, y abrieron los brazos para echar a volar por los cielos? Eso sucedió aquí, en isla Mauricio, en 1822, igual que sucedió en otras partes del mundo, en la fortaleza de Masada cuando el ejército romano rodeó a los judíos sublevados, o en México, en el Peñol de Nochistlán, cuando los últimos hombres y las últimas mujeres de la resistencia azteca, rodeados por el feroz ejército de Nuño de Guzmán, se arrojaron al cielo abrazados a una roca para aplastar a los invasores. ¡Antes muertos que esclavos!

Los cuerpos quebrados de los cimarrones se quedaron ahí, revueltos con la maleza, al pie del Morne, a donde quizá, esa misma noche, mujeres y hombres del campamento de esclavos acudieron a llevárselos y enterrarlos en la arena negra de la playa de Tamarin, con la cabeza vuelta hacia el océano para que retornaran antes a su país natal.

¿Por qué las nanas suelen ser tristes? ¿Es porque la vida que está esperando, ahí fuera, al salir de los brazos cálidos y los pechos suaves, la vida es dura y nociva, violenta, terrible? ¿O bien porque la

---

10. Ratsitatane (1790-1822), alto dignatario de Madagascar, desterrado a isla Mauricio por oponerse a la ocupación occidental; allí encabeza una rebelión de esclavos y muere en una ejecución ejemplarizante. Aun siendo un personaje real, la falta de datos otorga a su figura una dimensión legendaria que Le Clézio aprovechó en su novela *Revoluciones*.

Saklavou es un personaje de otra novela de Le Clézio, *Alma*. Simboliza la resistencia de los esclavos contra su condición.

puerta del sueño conduce a las pesadillas y a la soledad, y a veces entrar en la oscuridad es entrar en la muerte? En la selva panameña, escuché a las mujeres emberá cantar para dormir a los niños *kaintua warrasake, andji ko baribasimanna,* duérmete niño o esta noche vendrán a comerte los demonios, los tigres, los peces feroces, duérmete, que si no se te podrían meter por los ojos y devorarte. En la isla de Udo, en Corea, el niño tiene que dormirse para que mamá se sumerja en el mar y traiga conchas y pulpos para que coma toda la familia. Cuando se mete en el mar, el niño está solo en la cuna, con el viento y el sonido de las olas meciéndolo.

El río Taniers ya no existe. No lo he visto nunca. En Port-Louis ya no es más que un torrente seco sepultado bajo el alquitrán de las calles. La voz de mi abuelo resuena en mi memoria para recordarme las sirenas de alarma de las bombas y la oscuridad del sótano donde nos acurrucábamos pegados a las faldas de mi abuela. Para recordarme también que los tiempos *margoze* siguen estando aquí, no tan lejos, a la vuelta de la esquina, en los países de guerras y de exilio, en las embarcaciones improvisadas, en las playas grises del Mediterráneo o en los campos de concentración, en Beirut, en Gaza, en Nur Shams. Cuando la noche cae sobre esas ruinas y el frío se cuela en los refugios improvisados, las chabolas de tela y chapa, como un humo lento y vano que estremece a los niños chicos, la vieja voz retoma la canción que el trabajo cotidiano había interrumpido y vuelve a empezar, infatigablemente

> *Grand dimoune ki wa pe fer*
> *Ça ki vieil reste dans la case*
> *Li dire mo mo bien misère*
> *Mo ena tout mo couraz*

Waï waï mo zenfant
Faut travail pou gagne so pain
Waï waï mo zenfant
Faut travail pou gagne so pain

Yaya, el ama seca de mi abuelo. Fue ella quien le legó la canción melancólica del río Taniers. De Yaya lo único que sé es lo que me han contado, que era hija de esclavos, que llegó a isla Mauricio puede que en 1820, que ya tenía cuarenta años cuando nació mi abuelo y que no lo alimentó pero lo acunó, que para él cantó la nana, habló, recitó los cuentos y las *sirandanes*.[11] Cuidó de todos los hijos de la familia, niños y niñas, para cada uno tenía un apelativo cariñoso, palabras dulces de la lengua criolla, *mo gâté, mo piti, mo tifille*.[12] Vi una foto suya cuando los niños ya eran mayores, ellos unos caballeretes con traje, cuello duro y zapatos de charol, y ellas con vestido largo y el pelo trenzado por la propia Yaya. Sentada en una silla de mimbre, a la sombra de la *varangue*, con el rostro pulido por los años, los pómulos anchos, no sonríe y guiña los ojos por culpa de la luz del jardín.

Waï waï mo zenfant
Faut travail pou gagne so pain
Waï waï mo zenfant
Faut travail pou gagne so pain

11. Adivinanzas. El propio Le Clézio y su mujer, Jémia, son autores de una recopilación de adivinanzas mauricianas en criollo titulada, precisamente, *Sirandanes*.
12. Mimado mío, chiquitín mío, niñita mía.

Los jóvenes *dimounes*[13] ya crecidos, ya seguros de sí mismos y de sus derechos, y olvidadizos de la miseria de la que salieron sus padres para llegar a esta isla. A ella, Yaya, ¿quién la conoce realmente? ¿Sabía alguien de dónde venía, en qué barco se la arrebataron a los últimos traficantes, los Morice, Malard, Samson, Surcouf, y se la regalaron a los cultivadores de caña y de tabaco, para mayor distinción de sus casas con columnatas y peristilos, de sus palacios de madera pintados de blanco y rodeados de jardines de bambúes y *jamlongues,* de sus estanques y sus cascadas? Por las mañanas, Yaya cogía a mi abuelo de la mano y lo llevaba a bañarse en el río Moka, entre lianas y nenúfares. Para él capturaba insectos, libélulas rojas, *Dames Céré,*[14] mariposas aterciopeladas. Después de darle de merendar torrijas con canela, lo dormía en brazos cantándole al oído.

Grand dimoune ki wa pe fer
Ça ki vieil reste dans la case
Li dire mo ki li pe fer
Li dire mo tout mo couraz[15]

Waï waï mo zenfant
Faut travail pou gagne so pain
Waï waï mo zenfant
Faut travail pou gagne so pain

Yaya tenía su propia vida, pero ¿a quién le importaba? Tuvo amantes, un marido, hijos que mamaron de sus pechos, niños

13. Personas (también «gente» o «alguien»).
14. Carpas doradas.
15. Anciana, ¿qué estás haciendo? / Los que son viejos se quedan en la choza. / Me dijo que podía hacerlo, / me dijo que tenía todo el coraje.

negros que bebieron su leche blanca y la compartieron con los bebecitos de los amos, con los niños chicos de la raza de los señores. Yaya lloró y rio, bailó el *séga*[16] y perdió la virginidad entre las cañas, con un hombre que no se casó con ella, se mordió la mano por las noches para no gemir cuando la vida arrancó en su vientre. Su hombre construyó para ella, al fondo del parque, cerca del río, una choza de madera y paja, y fue allí donde parió a su hijo, y luego a una hija, y después a otros dos, pero nadie le preguntó cómo se llamaban, y si un día tenía los ojos rojos, si llegó tarde a la casa grande, en lo alto de la avenida bordeada de palmas, fue porque su propio hijo se había muerto durante la noche y por la mañana lo había enterrado en el bosquecillo de guayabos detrás de su choza.

Crecieron, se convirtieron en hombres y mujeres. Ellos se marcharon al otro extremo del mundo, se casaron con francesas, inglesas, americanas, se hicieron sacerdotes, médicos, abogados, ingenieros del azúcar, fueron a la Gran Guerra, vivieron su vida, en grandes ciudades poderosas, viajaron en transatlánticos, conocieron la aventura y lo extraño que es el mundo. Ellas también se convirtieron en mujeres importantes, imponentes, trajeron al mundo hijos, crearon hogares, reinaron sobre el servicio, aprendieron a conducir autos, por las carreteras de Bretaña, de Isla de Francia, de la Costa Azul. Las que no pudieron marcharse de la casa grande envejecieron despacito, con elegante languidez, en medio de sus recuerdos. Algunas sufrieron desgracias.

Yaya, en cambio, se quedó en el lugar al que pertenecía. No viajó. No se construyó una vida. Solo los grandes *dimounes* pue-

16. Música y baile típicos de la República de Mauricio y la isla de la Reunión.

den vivir en su propia casa, en medio de sus recuerdos. Yaya, en cambio, solo tuvo lo de fuera. La choza al final del jardín, la parcelita donde sembraba *lalos*[17] y cebollas, el hogar donde cocía las *brèdes* y el arroz, los bollos de mandioca. Un día, se murió. Desapareció. En otra foto, que se coló por descuido en el nutrido álbum familiar, está sentada en el mismo sillón de mimbre, a la sombra de la *varangue,* con los ojos aclarados por las cataratas mirando al frente, sin vernos. A su lado siguen estando los niños, mi padre, su hermano y su hermana pequeña. Los últimos que la recordaron. Los últimos que la oyeron cantar. Los niños con vestido, tanto ellas como ellos, y el pelo largo, como se estilaba a principios de siglo. Un instante capturado en una época petrificada que ya no volverá a existir. ¿Quién sabe de la tumba de Yaya? ¿Está también ella, como el niñito que se le murió a tan tierna edad, bajo tierra al fondo del jardín, en un lugar al que no va nadie, cerca del bosquecillo de guayabos, un secreto que se borra?

Pero oigo su voz, de la que es portador mi abuelo y se hace eco mi abuela en el refugio subterráneo, para pasar la guerra. Para detenerse a orillas del río Taniers, una vez más.

> *Waï waï mo zenfant*
> *Faut travail pou gagne so pain*
> *Waï waï mo zenfant*
> *Faut travail pou gagne so pain*

17. Quingombó.

Hanné

Ya no lo sabían. Ya no se acordaban de lo que era, antes. Ya no sabían cómo habían nacido. Puede que, cuando nacieron, los soldados ya estuvieran allí, rodeándolos por todas partes, en las ciudades, en las montañas, en el mar y en el cielo. Puede que hubieran nacido en medio de las explosiones de las bombas, en un sótano oscuro, y que la primera luz que vieran fuera la llama vacilante de los incendios, y que, antes que nada, oyeran los gritos de miedo y desamparo, las sirenas llamando en la oscuridad.

Sin embargo, Marwan recordaba otra cosa. Hacía tanto tiempo que no estaba seguro de si de verdad se acordaba o de si se lo habían contado. ¿Su padre, quizá, o un tío? Se había inclinado encima de él, los ojos verdes le relucían en la cara oscura. Pero no era su voz la que recordaba Marwan. Era otra voz, clara y liviana, una voz que le cantaba al oído una canción desconocida, cuya letra se le escapaba como el agua que fluye.

Hacía mucho. Podría haber sido en otra vida. De eso hablaba la voz, de otra vida. Días de dicha, la mesa puesta, la canción en los campos, el ritmo de las paletas de lavar, el agua corriendo en los pilones. ¿Había visto todas esas cosas o las había soñado? Se acercaba de puntillas al río, donde las mujeres golpeaban la ropa en las rocas planas. Las mujeres se metían en el agua transparente, se reían. La piel blanquísima les relucía al sol, las melenas mojadas oscilaban despacio, arrojando una lluvia de gotas brillantes. Marwan notaba que se le desbocaba el corazón, como si tuviera miedo, pero no era miedo. La voz cantaba acompasadamente, seguía el ritmo de las melenas mojadas.

A veces quería hablarle de aquello a su hermano, decirle:

—¿Te acuerdas de la voz que cantaba?...

Pero no se atrevía, le daba miedo la mirada tensa de Mehdi, su voz que siempre preguntaba:

—¿Dónde era? ¿Cuándo pasó? ¿Dónde pasó?

Avanzaban por la carretera de tierra. El viento invernal soplaba por rachas en los matorrales, levantaba el polvo duro. Los dos niños no hablaban. Caminaban sin prisa pero sin detenerse, mirando al frente. Iban vestidos de forma realmente extraordinaria, con los harapos que habían ido recogiendo por ahí, en los cubos de basura de los campamentos militares, en los vertederos de las ciudades, o bien con los que les habían dado. Prendas de espantapájaros: Marwan, el mayor, un chicarrón de doce o trece años, con el pelo negro y lacio, llevaba un pantalón de peto por encima de varios jerséis de colores distintos y con desgarrones por los que se los veía asomar. Encima de los jerséis, una chaqueta de soldado caqui que había encontrado entre los matorrales, al lado de un camión calcinado. La tela estaba salpicada de manchas oscuras, de aceite de motor o puede que de sangre seca. Al hombro llevaba un macuto militar del que asomaba una botella de agua. Mehdi, su hermano de nueve años, iba vestido de forma no menos sorprendente: alrededor de las piernas flacas flotaba un pantalón de lona, y encima de los jerséis llevaba una camiseta de mujer, inmensa, de color rosa pastel, que ondeaba como una bandera al viento. Ambos iban calzados con playeras demasiado grandes, sin cordones, en mal estado y manchadas de barro. Los niños tenían la cara colorada de frío y negra de mugre. Y las manos cuarteadas e hinchadas como las de una lavandera.

Llevaban meses, años, sin dejar de andar, de sur a norte, sin saber adónde iban. Hacía tanto tiempo que habían emprendido la marcha que Marwan ya no se acordaba de cómo había empezado. Lo único que recordaba era que al principio Mehdi era tan pequeño que no podía andar mucho rato y que tenía que llevarlo a caballito. Eso lo recordaba muy bien, los bracitos de su hermano agarrándosele fuerte al cuello, y el peso de su cuerpo que lo lastraba cada vez más por la carretera, con toda aquella gente andando a su alrededor, aquel ruido de pisadas, aquel ruido de cazuelas que tintineaban.

Ahora ya no había nada más. La cara de su padre o la voz dulce y joven de su madre cantándole al oído no eran más que recuerdos, sueños.

—¿Dónde era?

Era la voz preocupada de Mehdi y, cada vez, alzaba el rostro hacia el de su hermano, para tratar de leer una respuesta. Pero lo que Mehdi decía más a menudo era:

—¿Dónde vamos a dormir? ¿Cuándo vamos a comer? ¿Tenemos agua?

Hacía esas preguntas de una forma insistente y Marwan se enfadaba, le gritaba maldiciones e insultos, recogía una piedra del camino y hacía ademán de tirársela a su hermano, que sabía esquivarla perfectamente. Y como Mehdi se quedaba fuera de su alcance, le hacía todos los gestos obscenos que se sabía y luego se sentaba al borde de la carretera y dejaba de prestar atención a lo que había a su alrededor.

Todos los chicos que iban sin rumbo por las carreteras, de un campamento a otro, todos los que se encontraba yendo a la ventura, hablaban así, insultando a su madre y a sus hermanas, pero se notaba enseguida que nunca habían tenido madre, ni ninguna hermana, ni a nadie, y por eso, cada vez que se enfadaba, se sentaba para olvidar, para no pensar ya en nada.

Al cabo de un rato, Mehdi se le acercaba, despacio, sin bajar la guardia. Más de una vez, cuando ya se le había olvidado, su hermano mayor se había puesto de pie bruscamente y le había aplicado tal correctivo que se había quedado tirado en el suelo, llorando durante media hora. Entonces Marwan hacía muecas de rabia, pegaba puñetazos y patadas, sin contenerse, sin decir ni una palabra. Se ponía como loco. Mehdi no se acercaba a él sino con precaución.

Para beber, para encontrar comida, iban a los pueblos, aquellos donde la guerra no lo había destruido todo. Por la mañana era la mejor hora para colarse entre la gente, para mangar, para mendigar. En las callejuelas los comerciantes vendían fruta y cebollas, debajo de toldos sujetos con cordeles. Mehdi, que era muy menudo, sabía colarse detrás de los tenderetes para coger naranjas y tomates, que cosechaba en la camiseta rosa. Marwan creaba una distracción robando panes en los puestos y corriendo a toda velocidad por las calles, hasta que los perseguidores, sin resuello, daban media vuelta, maldiciéndolo. Era un juego, pero también era algo terrible. Cuando Marwan desaparecía, Mehdi permanecía escondido en el vano de una puerta, con el corazón palpitante y un nudo en la garganta, como si su hermano no fuera a volver.

Hasta que oía el silbido agudo que hacía Marwan metiéndose el meñique en la boca. Era la llamada que conocía desde que era muy pequeño y que los pastores de las montañas usaban para llamar a sus animales. Un día, Lalla Fatima, la que había acogido a Marwan en Bint Jubail, cuando se iba a morir de fiebre, le dijo:

—¿No serás hijo de un pastor *badawi*? Son los que silban así.

Se acordaba cada vez que se metía el meñique en la boca para silbar. Entonces volvía esa extraña sensación de felicidad, cuando Lalla Fatima le reveló el secreto de su nacimiento. Ahora estaba muerta, su cuerpo seguramente había quedado sepultado bajo las ruinas de su casa, cunado los aviones de guerra bombardearon la ciudad. Pero a él no se le habían olvidado sus palabras, ni su cara sonriente, sus ojos húmedos. La había llamado Umi, Mamá, aunque ni siquiera fuese pariente suya, pero le gustaba darle ese nombre, y por eso había llamado Mehdi a su hermano. Cuando Lalla Fatima murió, Marwan cogió a Mehdi a caballito y se echaron a la carretera.

Ya no se acordaba de los lugares en donde habían estado. Habían ido andando de ciudad en ciudad, durmiendo a la intemperie, en las plazas o resguardados en puertas, en ruinas. Mehdi no quiso volver a dormir dentro de una casa desde aquel día en que, al amanecer, cayeron bombas por toda la ciudad de Bint Jubail, y ese mismo día, según contaba la gente, en muchas otras ciudades, Qana, Tibnin, Tairi, Ramadi, Chihine, Ramiyeh, Qantara, Meomeh, Nabatieh. Marwan no conocía esos lugares, pero había oído a la gente decir esos nombres, se los había aprendido de memoria y cuando le preguntaban: «Tú, ¿de dónde vienes? ¿Y adónde vas?», contestaba: «Mi hermano y yo venimos de Tibnin y vamos a casa de nuestros familiares, en Nabatieh». La gente se quedaba satisfecha con esas respuestas ambiguas, incluso los soldados extranjeros, incluso los milicianos que veían espías por todas partes.

Al principio, a Marwan le habría gustado no moverse de un mismo lugar. Encontrar a un tío o a una tía, aunque fueran de mentira, dormir en una casa. Pero Mehdi gritaba y se revolcaba por el suelo cuando intentaban meterlo dentro, pataleaba y mordía, y se le ponía la boca blanca de espuma. La gente pensaba que estaba enfermo y tenían que marcharse, seguir andando. Al final, Marwan se había acostumbrado a esa vida, a dormir a la intemperie, en los recovecos de las ruinas, al amparo de las puertas o en los parques, al pie de un árbol, al amparo de los arbustos.

Los caminos de la montaña iban al azar. A veces los niños llegaban a un valle hondo, fértil, lleno de árboles, con extensas granjas, cercados donde vivían cabras y vacas. Se acercaban con precaución. Varias veces habían salido los granjeros, al alertarlos los perros, y les habían disparado con una carabina. Se creían que eran *samidun*, resistentes. Se creían que eran *aidun*, reaparecidos. Es lo que había dicho Marwan. Los niños acechaban cobijados en las rocas, y cuando caía la noche y los perros se adormecían, se acercaban a la granja sin hacer ruido, robaban pan, huevos, azúcar, y volvían a la orilla del río, donde se habían preparado un refugio para pasar la noche. Estuvieron mucho tiempo viviendo así, cerca de las granjas. Pero la gente acabó encontrando su rastro y tuvieron que huir hacia el norte, a las montañas.

Caminaban por la carretera de tierra, hacia Kafra, Ramadiyeh, hacia Tiro. Había otras personas caminando, igual que ellos, algunas llevaban fardos o maletas, mujeres envueltas en vestidos nuevos, con velos blancos impecables, otras en harapos, descalzas y con el pelo enredado. Por la carretera avanzaban convoyes de camiones, con los faros encendidos. Cuando llegaban cerca de las personas tocaban la bocina, solo una vez, sin aminorar la velocidad, y los soldados que iban en la parte de atrás de los camiones les apuntaban con los fusiles ametralladores.

Un día, en un pueblo, la plaza estaba llena de soldados. Habían dejado las armas apoyadas contra una pared, estaban sentados a la sombra, bebiendo y fumando.

—¿Son *aidun*? —preguntó Mehdi.

—No, esos son extranjeros. —Marwan repetía lo que decía la gente—. No hablan como nosotros. ¡Ven!

Para demostrar que no le daban miedo los extranjeros, Marwan anduvo hasta el centro de la plaza, mirando a los soldados. También es cierto que cuando no iban en los camiones, resultaban mucho menos aterradores. Se habían quitado el casco. Algunos tenían tanto calor que incluso se habían quitado la camisa. Llevaban camisas verde oscuro muy bonitas y Marwan pensó que le gustaría tener una igual. Los niños caminaron despacio delante de los soldados, hacia un lado y luego hacia el otro. Los soldados los miraban riéndose, por la ropa que les venía grande. Uno de ellos, de pelo dorado y ojos pálidos como los de los ciegos, llamó a los niños. Les enseñó una botella de refresco que acababa de sacar de una nevera portátil. Les hizo señas:

—¡Venid! ¡Venid!

Marwan se acercó al soldado. Por la botella verde chorreaban gotitas y el líquido estaba lleno de miles de burbujas. La mano de Marwan tocó la botella, los dedos se aferraron al gollete. Retrocedió y bebió el refresco ácido, sin respirar. El mismo soldado de pelo dorado y ojos claros cogió otra botella de la nevera, le quitó la chapa y se la ofreció a Mehdi. Mehdi se escondió detrás de su hermano. El soldado se inclinó con la botella en la mano y dijo:

—¡Eh! ¡Eh!

Marwan cogió la botella y se la ofreció a Mehdi.

—Vamos, puedes beber, te la regala.

Mehdi negaba con la cabeza. Y retrocedía al mismo tiempo. Entonces Marwan le devolvió la botella al soldado:

—Mi hermano no quiere, no sabe lo que es, le asusta.

Lo dijo despacio, como si el soldado extranjero pudiera entenderlo. El soldado le indicó por señas a Marwan que podía quedarse con la botella. Entonces, de buenas a primeras, Marwan se marchó corriendo, cruzando la plaza a toda velocidad. Tapó el gollete con el pulgar y corrió hasta que salió del pueblo.

Más tarde, desde lo alto de una colina, vieron cómo se marchaba el convoy. Los faros de los camiones brillaban a pesar del sol. Los camiones fueron hacia el norte, hacia Tiro. Luego sonó el desgarrón estridente de los aviones en el cielo. Por la noche, en las colinas, los niños miraban los relámpagos que se encendían a lo lejos, y esperaban a que retumbase el sonido.

Los aviones pasaban todos los días. Marwan había aprendido a reconocer de lejos el desgarrón de los motores y se llevaba a Mehdi a rastras detrás de los arbustos. Los aviones pasaban una vez, deslizándose deprisa a ras de las colinas, negros, como si fueran gavilanes. Los niños esperaban con el corazón palpitante. Incluso cuando el cielo volvía a estar en silencio, había que tener cuidado. A veces, los aviones, de dos en dos o de tres en tres, volvían a surgir en el cielo, por el mismo punto donde habían desaparecido. El desgarrón llenaba los oídos, el cuerpo entero. Mehdi se metía la cabeza entre las manos, se echaba a temblar. Era por lo que había sucedido tiempo atrás, cuando las bombas cayeron encima de la casa de Lalla Fatima, ya no soportaba oír los aviones. Marwan esperaba, escudriñaba el cielo. Cuando retornaba el silencio, ayudaba a su hermano a incorporarse. Juntos volvían a caminar por la carretera.

Antes de llegar a Qana, se encontraron con un avión estrellado en una colina. La tierra se había quemado alrededor. Las cenizas aún estaban calientes y echaban humo cuando Marwan las pisaba. En torno al avión había niños y jóvenes arrancando las planchas de metal de las alas y el fuselaje. Iban harapientos, como Marwan y Mehdi, y no les prestaron atención. Uno de ellos, un muchacho de pelo claro, había arrancado varios trozos de chapa.

Para separarlos, utilizaba una pesada barra de hierro, que apoyaba haciendo palanca en la armazón hasta que saltaban los remaches.

—¿Qué vas a hacer con eso? —preguntó Marwan.

El chico lo miró con condescendencia:

—Vamos a venderlas en Qana.

Siguió trabajando y luego le dio la barra a Marwan.

—Toma, coge tú también. Siendo dos, podréis coger más.

Marwan y Mehdi se colgaron de la barra de hierro. El metal ligero se rasgaba y se escurría hasta el suelo como una piel. El sudor les corría por la cara y les mojaba la ropa. A eso del mediodía, habían juntado varios trozos de metal. Los llevaron hasta la ciudad.

En un taller de la plaza, un hombre gordo y calvo se quedó con todos los trozos menos con uno, que estaba muy deteriorado. A cambio les dio dinero, dos billetes. Marwan llevó a Mehdi por el mercado, hasta un lugar donde una vieja estaba cociendo pan en una plancha metálica.

—¿Qué quieres? —dijo la vieja.

Tenía una mirada recelosa y despierta que contrastaba con el rostro cansado.

—Queríamos dos panes —dijo Marwan.

La vieja se quedó mirando un buen rato los cómicos harapos, las caras sucias, el pelo largo y enmarañado.

—¿Y de dónde venís?

Marwan se acordó de los nombres.

—Venimos de Ramiyeh y vamos a Meomeh.

—¿Ramiyeh? —La vieja los miraba con interés—. ¿Qué está pasando allí? ¿Qué noticias hay?

Marwan sentía que tenía que decir algo.

—Allí todo va bien —dijo—. No hay ningún problema.

La vieja siguió vigilando cómo se cocía el pan. De repente, gritó:

—¿Tienes dinero? ¿No has venido a mendigarme el pan?

Marwan sacó los billetes y la vieja se los metió en el bolsillo en un abrir y cerrar de ojos. Eligió dos panes y se los alargó a Marwan. Marwan cogió los panes y dijo:

—¿Y el cambio?

La vieja se puso a gritar:

—¿Qué cambio? ¡Fuera de aquí, ladrón!

Sin esperar, los dos niños salieron huyendo con los panes. De lejos, Marwan gritó, para vengarse:

—¡Ramiyeh se ha quemado! ¡Ya no queda nadie en la ciudad, los soldados lo han quemado todo!

A la salida del pueblo se sentaron a la sombra para comerse los panes. Era pan de trigo sarraceno, duro y agrio, pero hacía mucho tiempo que no comían algo tan rico. Unos perros flacos daban vueltas delante de ellos, con el estómago pegado al espinazo y el hocico alzado para husmear el olor. Marwan les arrojó un trozo de pan, pero los perros creyeron que era una piedra y se dispersaron a lo lejos. Luego uno de los perros volvió, arrastrándose, y por casualidad encontró el trozo de pan entre el polvo.

Se decía que al norte, donde había una gran ciudad a orillas del mar, iba a llegar un barco que se llevaría a todos los niños a países ricos, fuera de allí, al otro lado del mar, donde podrían comer y dormir sin pasar miedo, países donde no habría tanques, ni aviones, ni siquiera soldados, donde nunca había bombas ni incendios.

—¿Cómo se llama el barco? —preguntó Mehdi.

Los chicos que estaban hablando de eso se burlaron de él y les tiraron piedras a su hermano y a él.

—¡Si no quieres creértelo, se llama el culo de tu madre!

Como los superaban en número y en edad, Marwan prefirió no insistir. Se pusieron fuera del alcance de las piedras y se quedaron para escuchar lo que decían los chicos. Ahora, la carcasa del avión, con la chapa arrancada, parecía un ave muerta muy grande.

Por la noche, al ser invierno, hacía tanto frío que no conseguían dormir. Marwan encendió un fuego de ramitas y se acostaron pegados el uno al otro, con la cabeza hacia las llamas. A Mehdi le seguía asustando la oscuridad, hasta que despuntaba el día no se dormía. No podía quedarse solo. Cuando Marwan se levantaba para orinar, Mehdi también iba. Marwin había aceptado todo aquello, ya no lo echaba e incluso, muchas veces, se le olvidaba insultarlo. Se quedaba con los ojos abiertos, mirando la oscuridad. Mehdi hablaba. Quería saber cosas imposibles. Preguntaba:

—¿Cuándo vamos a llegar la ciudad donde está el barco?

Marwan decía:

—No hay ningún barco, ¿no te irás a creer el cuento ese del barco?

Pero por muy ásperamente que se lo dijera, levantándole la mano como para pegarle, Mehdi seguía creyendo en el barco. Volvió a hablar de él más tarde, y de los países donde no había guerra ni ladrones. Era toda una historia, y en aquella noche oscura y gélida, con las estrellas titilando por encima de ellos, llegaba a suceder algo tan extraño como que el propio Marwan dejara que lo atrapara el sonido de las palabras y empezara a creer, como quien se va metiendo en un sueño. Ahora era él quien hablaba de esos países:

—Al otro lado del mar llegaremos a una ciudad muy grande llena de parques y de casas, casas donde podremos entrar porque todo el mundo nos estará esperando...

»Habrá árboles, podríamos vivir en los árboles…

»Sí, y no hará frío, nunca nos pondremos malos.

»Habrá muchos niños, cada uno podrá tener su propia familia…

»Y dormiríamos fuera, debajo de los árboles…

»O en cuartos muy grandes con camas y cojines y cortinas.

»No hará falta dinero para vivir, tendríamos para comer todo lo que nos dé la gana, aunque no queramos trabajar.

»Nunca habría aviones.

»Una ciudad encima de un lago grande de agua dulce y gente que va en barca, y lleva fruta y verdura en las barcas…

»Los niños tienen jardines inmensos, todos los días hay una fiesta, música, las chicas bailarán.

»Podemos ir al colegio y sabemos leer libros.

»Ya no hay combates, nadie es enemigo de nadie.

»Cada uno tiene su caballo, podemos galopar por el bosque.

»Los animales están domesticados, hasta las serpientes, hasta los chacales.

Mehdi escuchaba, con los ojos abiertos de par en par en la oscuridad. Al alba, Mehdi por fin se dormía. Marwan escuchaba la respiración sosegada de su hermano, sentía pegado a él el peso de su cabeza. Entonces también él se dormía, mientras la luz crecía por encima de las colinas. Por las mañanas nunca había aviones ni nada malo. Era una hora para los pastores y para las niñas que van por agua.

—Pero, si queremos subirnos al barco, ¿nos hará falta dinero para los pasajes? —dijo Mehdi por la mañana, al despertarse, como si hubiera estado dándole vueltas mientras dormía.

Marwan pensó que, por una vez, su hermano decía algo sensato.

—¿Cómo vamos a conseguir dinero?

—Ya veremos. Para empezar, ese barco igual ni existe —dijo Marwan.

—Pero si es de verdad, ¿hará falta dinero? —insistió Mehdi.

—Entonces, nos subiremos sin pagar y nos esconderemos —dijo Marwan.

Mehdi ya no hizo más preguntas porque confiaba en su hermano.

Cruzaron la línea de batalla sin ni siquiera darse cuenta. Iban atajando por las colinas, hacia el norte, hacia Jeloun. Era por la tarde. Llevaban todo el día oyendo el bramido de los cañones mientras andaban. También estaba el roce de los aviones, que se deslizaban como aves negras a ras del horizonte, y a pesar de la luz del sol, los puntos brillantes que estallaban en el cielo. Marwan y Mehdi esperaban un rato y reanudaban la marcha.

Ahora estaban bajando la montaña hacia el curso de agua. Habían tomado la dirección de los cañones para encontrar otra gran ave muerta. Pero hasta donde les alcanzaba la vista, solo había tierra reseca y matorrales.

Fueron siguiendo el curso de agua, en la umbría del valle, hasta una garganta. A la entrada de la garganta se había quemado una casa, pero el incendio llevaba días apagado. La lluvia había diluido las cenizas y formado largos regueros que se mezclaban con el barro del torrente. Cuando Marwan se acercó, vio los cuerpos tumbados en el suelo, al lado de las ruinas. Eran tres hombres, con la cara quemada vuelta hacia el cielo. A su lado estaban los fusiles ametralladores, las tiras de munición y una bolsa de tela. Uno de los soldados muertos llevaba alrededor del cuello los restos de un pañuelo blanco y negro. Marwan le dijo a Mehdi:

—Son *aidun*, reaparecidos. Ve a coger un fusil.

Mehdi aún no había visto ningún soldado muerto y no se atrevía a acercarse. Marwan lo empujó y lo insultó, recogió los fusiles uno a uno y se los lanzó a Mehdi.

El olor de los cuerpos era insoportable, había enjambres de moscas y también hormigas. Marwan registró el macuto, pero no encontró dinero, solo unos papeles y un lápiz, que arrojó a lo lejos. Quiso quitarle los zapatos a uno de los soldados, pero la bomba que lo mató los había despedazado y derretido. En las ruinas no había nada, ni comida. Solo una cantimplora militar, con su funda de tela caqui. Marwan se la dio a su hermano. Mehdi nunca había visto una cantimplora tan bonita. Desenroscó el tapón para vaciarla y miró dentro, el interior era rojo, como el gaznate de un pájaro. Luego fue corriendo al torrente para llenarla.

Cuando volvió, Marwan le dio un fusil. Él se había puesto uno en cada hombro. Siguieron bordeando el torrente hasta que Marwan subió a una zona alta para que no los sorprendieran durante la noche. Buscaron un recoveco entre los matorrales. La correa de los fusiles les había hecho heridas en los hombros.

Al día siguiente llegaron al campamento de los *aidun*. En cuanto llegaron, los rodearon los soldados. Uno de ellos cogió los fusiles y tiró a Marwan al suelo de un empellón:

—¿Dónde habéis robado estos fusiles?

Aunque estaba asustado, Marwan gritó:

—¡Nos los hemos encontrado, son nuestros!

Acudió un hombre que iba vestido como un soldado de verdad, con kufiya y uniforme caqui. Se dirigió a Marwan con mucha calma y le preguntó cuánto quería por los fusiles y por la cantimplora. Marwan dijo:

—Mi hermano no vende la cantimplora, solo los fusiles.

El jefe de los *aidun* se rio. Mandó que le dieran diez piastras a Marwan y dejó que los niños se marchasen a donde quisieran.

En el campamento había muchas mujeres y niños, y ancianos. Las casas estaban medio destruidas por las bombas, y para cobijarse de la lluvia la gente había extendido telas entre las paredes derruidas. Los niños llegaron a una plaza donde había mucha gente reunida, soldados, mujeres, hombres heridos en combate. Unos niños andrajosos y descalzos corrían entre el gentío, buscando algo que comer. Las mujeres los ahuyentaban, pero ellos volvían a acercarse a las cocinas al aire libre, y para alejarlos, las viejas les lanzaban cacillos de caldo. Marwan y Mehdi tenían tanta hambre que recogían los restos que había tirados por el suelo, los mendrugos de pan duros como piedras, y los roían.

Entonces una mujer con vestido negro se les acercó.

—No podéis comeros eso —dijo—, es pan del suelo y está pisoteado.

Se llevó a los niños a su casa. Vivía a la salida del pueblo, sola con una hija sordomuda que se llamaba Hanné. La mujer se llamaba Zeineb. Les dio de comer y los niños empezaron a trabajar para ella en una parcela que había al lado de la casa. Arrancaban las malas hierbas y quitaban las piedras. Iban a buscar agua al pozo y regaban los plantones de judías verdes y tomateras. Hanné era muy guapa. Tenía el pelo largo y trenzado, muy negro, y unas cejas que parecían dibujadas con carbón. Se pasaba casi todo el rato quieta, a la sombra. Marwan cruzaba la mirada con la suya y se le aceleraba el corazón. Pero Hanné no quería que se le acercase. Se escabullía pegada a las paredes de la casa, silenciosa como una sombra.

Por culpa de Mehdi, Marwan no dormía dentro de la casa. Se habían acomodado al lado de la pared, al oeste, porque era el rincón más resguardado.

Hubo varias alertas. Los aviones surcaron el cielo, describiendo un arco por encima de las montañas, como las aves de presa. El cañón retumbaba en los valles. Hanné era la única que no parecía tener miedo. Se quedaba delante de la casa, mirando los aviones, sin tratar de huir. Puede que no supiera lo que eran.

Cuando pasaba el peligro, Zeineb se quedaba mucho rato maldiciendo los aviones. Un día abrió una maletita de tela negra y le enseñó a Marwan unos papeles. Dijo:

—Pues estas son mis casas, todas las casas y las tierras que tengo, en Al-Bassa. Está escrito en estos papeles. Las casas, las tierras, los pozos, el trigo, está escrito. Cuando acabe la guerra, enseñaré estos papeles y me devolverán lo que es mío.

Hablaba con vehemencia, como una loca. Luego le pasaba a Marwan la mano por el pelo.

—A ti también te devolverán lo que es tuyo.

Marwan la miró sorprendido:

—¿Qué es lo que es mío, Umi?

Zeineb suavizó el tono de golpe. Miraba a los dos niños como si de verdad fueran sus hijos.

—Os devolverán lo que es vuestro, si Dios quiere, se os reconocerá, se verá quiénes sois. El que venga al final de los tiempos.

Marwan preguntaba:

—¿Quién tiene que venir?

Y Zeineb respondía:

—No tiene ni padre ni madre, lo han rechazado, como a vosotros, está hambriento, busca comida en el suelo, entre la basura que han arrojado para los perros. Tiene hambre, está abandonado, pero un día será reconocido, será el enviado de Dios.

Eso decía mientras miraba a los chicos como si viera a través de ellos, con la maleta abierta cuyos papeles se volaban con el viento. A la sombra de la pared, silenciosa, como un fantasma, Hanné miraba a Marwan y él notaba que le palpitaba el corazón.

Cuando los chicos fueron a buscar leña por los barrancos, Hanné se fue tras ellos. Los seguía de lejos, ágil y siempre dispuesta a salir huyendo. Aunque fuera sorda, a su manera notaba los movimientos, los peligros. Puede que sintiera llegar la onda por los pies, o bien que pudiera ver mejor y más lejos todo cuanto se movía. Mientras los chicos buscaban raíces, lejos del pueblo, ella había adivinado que los aviones se acercaban. Se quedó quieta, vuelta hacia el cielo. Un instante después, con un silbido desgarrador, los aviones pasaron por encima de los niños, uno tras otro, soltando bombas en el pueblo. Hanné se quedó mirándolos sin moverse, como si no sintiera el miedo.

A Marwan le resultaba extraño, nunca había conocido a nadie como Hanné, alguien inocente que no podía hacer daño, pero que tampoco era débil. Admiraba su rostro moreno, el arco regular de las cejas por encima de los ojos en los que brillaba un destello indómito, y la melena negra de trenzas uniformes que Zeineb le hacía todas las mañanas. Le gustaba cómo corría por las colinas, tan veloz que en un abrir y cerrar de ojos había desaparecido.

A veces se iban lejos, a través de los matorrales, a pesar del fragor de la guerra. Hanné los acompañaba, bien siguiéndolos, bien tomando la delantera. Hanné no era una chica como las demás. Era como de otro mundo y Marwan pensaba que mientras ella estuviera allí, no habría ningún peligro.

Un día, era a principios de verano, el sol achicharraba las rocas y los matorrales, y el cielo estaba de un azul profundo, Marwan y Mehdi fueron hasta el lugar desde el que se divisaba el mar, en lo alto de una montaña. Estuvieron andando hasta el atardecer para ver el agua de color metálico. La luz brillaba trazando un camino de fuego encima del mar, allí donde el sol iba a desaparecer. Hanné estaba junto a los chicos, mirando también. Marwan y Mehdi pensaban en el barco que tenía que llevarlos al otro lado del mar, donde no hay guerra ni aviones. ¿Podrían ir también Hanné y su madre? ¿Podrían esconderse? Era lo que se preguntaba Marwan. Zeineb estaba demasiado gorda y hablaba demasiado alto, la encontrarían enseguida. Así que tendrían que marcharse sin Hanné, y a Marwan eso le resultaba desagradable, como si tuviera remordimientos.

Se había hecho muy tarde para volver a casa. Marwan buscó un recoveco para dormir y se tumbaron debajo de un pino. Los chicos se turnaron para beber agua de la bonita cantimplora de Mehdi y después bebió Hanné. Se tumbó entre los dos, hecha un cuatro, y se durmió en el acto.

Los despertó la luz del día. Los aviones estaban en el cielo, trazando una curva larga y difusa antes de desaparecer en dirección al mar. El ruido de las bombas sacudía la tierra. Hacia el norte había grandes relámpagos y humo negro.

Hasta que los niños oyeron otro ruido. Eran los camiones y los tanques que avanzaban por la carretera, bordeando el mar. Parecían insectos. A Marwan se le aceleró el corazón. Las torretas de los tanques giraban, como cabezas con las troneras a modo de ojos. Hanné se quedó quieta, en la pendiente de la montaña, mirando los tanques. Cuando la torreta de un tanque giró hacia ella, Marwan dio un brinco y se la llevó de la mano tan deprisa como pudo. Los niños corrían hacia la cima de la montaña. Un obús estalló muy cerca, lanzando una pared de viento. Se cayeron al suelo, les sangraban las piernas y las manos. Echaron a correr de nuevo, al fondo de un barranco, oyeron el rugido de los camiones y los tanques que se alejaban.

En el pueblo todo estaba en ruinas. Un obús incendiario había alcanzado la casa de Zeineb, de la que ya solo quedaban unos escombros calcinados. Delante de la casa Marwan vio la maletita de tela negra, en el suelo, apenas un poco polvorienta. En todas partes, debajo de los escombros, había cuerpos sepultados, abrasados. En el silencio, el zumbido de las moscas parecía ensordecedor.

Hanné recogió la maletita de Zeineb donde estaban todas sus tierras y todas sus casas, sus pozos y sus rebaños, y todo lo que le pertenecía. Los niños echaron a andar alejándose del pueblo, siguiendo el fondo de los valles, hacia el norte.

Etrebbema[*]

Para Itzi

Mucho antes de que nacieras, «en otra vida», como se dice en español, conocí una sociedad que considero próxima a la perfección. Me gustaría hablarte de esa historia, de un mundo que ha dejado de existir, un mundo de belleza, de amor y de inteligencia, que aniquilaron los narcos.

[*] En lengua emberá, el inframundo. *(N. del A.).*

¿Cuándo llegué a la selva? ¿De dónde venía, por qué me detuve aquí, en ese lugar insignificante que lleva el nombre, un poco ridículo teniendo en cuenta en qué se ha convertido, de El Real, un nombre de guerra, de parada militar, de conquista, para un poblachón colonial exhausto de sol y de soledad, de polvo, con una sola calle larga bordeada de tiendas de comestibles y *cantinas*,[1] a lo largo del río Tuira donde unas piraguas medio inundadas por la lluvia bostezan de aburrimiento como caimanes?

Aquí fue donde arrancó mi viaje por los ríos,

Capetí

Balsas

Tuquesa

Tupisa

Chico

Manené

Quebrada Sucia

Piré

Chucunaque

Paya

1. Las palabras españolas en *cursiva* también figuran en castellano en el original. *(N. de las T.)*.

¿Qué ha sido de ellos, de Chombo, Fulo, Efigenio, Bravito, Colombia, Teclave, el viejo León, la hermosa Népono, «Flor», apodada Weinchara, «Carne de Mujer», y de mis *kampunia sakera,* los chavales africanos, Chico, Hueso, Marco, de todos aquellos con quienes viajé? La selva es una pared viva, cuando la atraviesas no regresas nunca, un mundo de oscuridad, de lluvia, de animales furtivos, de jaguares y de pumas, de tapires y de ciervos, un mundo de insectos, *garrapatas, chinches, coloradillas,* mosquitos y moscardones, el mundo de las *tama echarra* o mapanás, rápidas como anguilas, los *inkas,* esos tímidos vampiros que van a mordisquear los codos de los niños dormidos. Los *tamanduás* u osos hormigueros de dos dedos, somnolientos, los *yarrés* o monos araña, insolentes, los *kotutus* o monos aulladores que vociferan al caer la noche, es ese mundo que cuando te agarra ya no te suelta, ese mundo que no te libera jamás. Y tienes que vivir a su sombra, como si nada de lo que has conocido, nada de lo que te ha hecho pudiera sobrevivirle. Y, llegado el caso, tienes que bajar más, hasta Etrebbema, atrapado en los lagos y las mieles, en las trampas, en su belleza flamante.

Yoni,

tal y como lo conocí cuando llegó por primera vez al Darién, tras abandonar todo lo que hasta entonces había sido su vida, sus padres adoptivos, la religión, el colegio, la casa de los Declan, una especie de rancho californiano en la zona del Canal, con un césped impoluto, un trampolín y un perrazo negro llamado Paima, Negrillo en la lengua de los indios, todo lo que dejó en forma de recuerdos de infancia y de adolescencia, de aburrimiento y de benevolencia, y de lo que, a la postre, no quedó nada, todo debía desaparecer cuando llegó aquí.

Bajamos juntos del mismo barco que hacía el trayecto semanal entre Panamá y El Real, una especie de carraca de madera con motor diésel que atracó en paralelo con el río.

También él había llegado a la ventura y esperaba lo que viniera a continuación sentado en las escaleras de entrada a la tienda de comestibles china. Me fijé en lo guapo que era a pesar de la ropa sucia de aceite de motor del barco. Al verlo, me acordé de aquel indio siux al que los soldados estadounidenses habían apodado Roman Nose con la misma intención de mofa que los inspiró cuando pusieron a las tribus amerindias nombres como gros-ventres,[1] nez-percés[2] o faraones. Pelo negro azabache engominado y peinado al estilo *rocker*, aunque más tarde se ceñiría visiblemente al peinado tradicional de los pueblos del Chocó, con flequillo pegado a la frente y denso casco de pelo negro tapándole las orejas. No puede decirse que habláramos, solo cruzamos unas palabras, sentados en los peldaños, me enteré de que se llamaba Yoni. No dijimos gran cosa, dado que ninguno de los dos conocía ese lugar, y él tuvo empeño en señalar que no hablaba las lenguas indígenas. Añadió que había nacido en algún lugar a orillas de los ríos y que no creía tener ningún parentesco con nadie de la región. Por mi parte yo le dije cómo me llamaba y hablé sin entrar en detalle de mis investigaciones geográficas y de las plantas medicinales que tenía que recoger para el Smithsonian. Señalé que carecía de un motivo oficial para estar allí. En resumen, no sabíamos nada de la vida en los ríos o en la selva, y por eso me apeteció contratar a Yoni como guía, porque no hay mejor guía que quien sabe casi tan poco como tú del lugar donde se encuentra.

La vida en El Real no era muy complicada. Yoni encontró enseguida trabajo en la *cantina* Nueva Alemania, que regentaba un tal Anton Schelling, un aventurero y buscador de oro si se terciaba, que había cogido el traspaso del local con su hija Henrieta. El viejo Schelling sucumbió a los encantos de Yoni porque este era servicial y bien educado, hablaba inglés correctamente, era adventista y, por ende, poco proclive a empinar el codo, y también porque era agraciado, y Schelling tenía debilidad por los chicos guapos. Todos los días, a media tarde, Yoni servía cerve-

1. Barrigudos. *(N. de las T.)*.
2. Narices perforadas. *(N. de las T.)*.

za, cubatas y *aguardientes* a los clientes de paso, que habían llegado en el barco o en piragua desde el estuario del río, viajantes de comercio, policías fuera de servicio y, los fines de semana, indios de la selva. Estos eran los más problemáticos. En cuanto se bebían un par de vasos de *schnaps* perdían la cabeza y se peleaban en la *cantina* hasta que Yoni los echaba a la calle, donde se quedaban dormidos en la cuneta. El asistente de Schelling era un negro atlético apodado Hueso (otra vez la mofa). En pago por su trabajo de camarero, Yoni recibía todos los fines de semana billetes de veinte dólares que se gastaba en la única tienda del pueblo, comprando ropa bonita y perfumes. Lo he visto más de una vez, durante el día, pavonearse vestido como un golfo de película, con el pelo engominado y los zapatos lustrosos, haciendo ostentación de una cadena de metal dorado alrededor del cuello. Resultaba algo ridículo y patético a la vez, puede que porque, a pesar de su aspecto, seguía teniendo esa expresión sombría y distante.

Hasta entonces no había tenido ningún sentimiento de pertenencia a los pueblos de la selva. Miraba a esos hombres andrajosos que iban sin rumbo por la calle principal de El Real con el mismo desprecio con el que miraba a los vagabundos del barrio de Marañón en Panamá, y cuando le hablé una vez de los indios, se encogió de hombros y utilizó precisamente esa palabra, «vagabundos». A veces se le acercaban las indias, seguramente con la esperanza de conseguir una copa gratis, pero él las desdeñaba. Las mujeres eran aún más raras que los hombres, con la cara tatuada con pintura azul, el pelo largo y negro alisado con un peine empapado de aceite, a veces con una flor de hibisco prendida en la melena, y los andares sueltos. En su mayoría iban desnudas de cintura para arriba, solo llevaban un pareo de colores vivos, pero una ordenanza de la policía local las obligaba a taparse el pecho con una toalla atada a la altura de las axilas, o bien, si tenían medios, con sujetadores de color rosa o verde, de forma tal que tenían pinta de salir de una casa de baños. Había días en los que una población variopinta de hombres andrajosos y mujeres con sujetador de colores chillones recorría aquel poblachón aburrido y somnoliento.

Pero todo acaba sabiéndose en un lugar tan reducido. Fueron los clientes de la Nueva Alemania quienes empezaron a hacerle comentarios poco amables a Yoni: «¿Así que eres un *cholo*?». Y a saludarlo con ironía, fingiendo que le hablaban en el idioma de los indios: «¡*Atché, atché!*, amigo, ¿de dónde vienes?». Yoni encajaba las befas sin responder, no era de los que buscan pelea, pero debía de afectarle más de lo que dejaba ver.

Los indios fueron a hablar con él, por la tarde, antes de que empezara su turno en la *cantina,* pero él se lo tomó como una agresión. Le hablaban en lengua india, waunana o emberá phedda, como si pudiera entenderlos, y Yoni contestaba en inglés, que era una forma de mandarlos al infierno. Pero produjo el efecto inverso, los indios lo escuchaban inclinando un poco la cabeza, cuchicheaban entre sí y soltaban una tremenda carcajada.

Un suceso imprevisto cambió el curso de su historia. Los policías negros de la Guardia Nacional, que representaban a la autoridad en la provincia del Darién, no tenían ningún miramiento con aquellos a los que designaban despectivamente como *cholos.* Cada vez que pillaban a un indio cometiendo una falta —que podía consistir en algo tan fútil como entrar en el pueblo con taparrabos o, en el caso de las mujeres, con los pechos al aire—, lo metían en el calabozo unos días y luego lo condenaban a «darle al machete», es decir, a cortar a machetazos la hierba por las calles del pueblo. Ese también era el castigo que imponían a todos los que encontraban en estado de embriaguez delante de los locales que hacían negocio emborrachándolos.

Yo no presencié la escena, pero alguien me contó lo que había sucedido aquella mañana, mientras Yoni paseaba por la calle principal. Había por allí, no lejos de las *cantinas*, un indio mayor «dándole al machete». El hombre estaba en muy malas condiciones, andrajoso y sin sombrero a pleno sol, y parecía extenuado. Delante, un policía de uniforme lo miraba trabajar, sin dar muestras de compasión. Yoni, aunque ni siquiera él entendía el porqué (quizá fuera el sentido de la justicia de su educación protestante), se enfureció al presenciar la escena e interpeló al policía para pedirle que detuviera aquel suplicio. Como el policía no se movía, Yoni se acercó al anciano, le cogió el machete y se puso a trabajar en su lugar. El policía intervino:

—¿Por qué haces eso? ¡No tienes derecho!

—Es un viejo —dijo Yoni—. Podría ser tu padre.

Eso era precisamente lo que no había que decir, y el policía gritó:

—¿Me estás llamando hijo de *cholo*? Te vas a enterar de lo que es insultar a un policía.

Tocó el silbato, llegaron más policías, maniataron a Yoni y se lo llevaron a la cárcel. Mientras tanto, el anciano indio, sin pedir explicaciones, se escapó hacia el río, dejando tirado el machete.

Después de tenerlo tres días encerrado y darle una paliza, la policía soltó a Yoni, con la ropa bonita desgarrada y sucia, y los zapatos muy perjudicados.

Al cabo de unos días vi de nuevo a Yoni. Volvía a ocupar el mismo lugar en las escaleras de la tienda china. Comprendí que lo habían despedido de la Nueva Alemania, Anton Schelling no podía dejar que a los policías que iban todas las tardes al acabar su turno los sirviera alguien que los había insultado.

Yoni volvía a estar libre y sin dinero. Aceptó inmediatamente viajar con Sin Nombre remontando los ríos, hacia Manené y Capetí. Entrar en la selva.

La selva

Por aquel entonces, Yoni entró por primera vez en la selva, y jamás volvió de allí. De repente, descubrir la vida en los ríos le producía una sensación que no lograba reconocer, que se le había quedado escondida en lo más hondo desde la infancia, la sensación de libertad. El río hacia el estuario era inmenso, se mezclaba con el mar y tenía el color del lodo. Corría despacio, siguiendo distintos canales, unos que refluían por el empuje de la marea, creando remolinos y rápidos, y otros que arrastraban desechos, troncos de árbol despedazados, trozos de orilla, hierba, a veces objetos no identificables que parecían sacados de otro mundo, tablones pintados, restos de naufragios, botellas de plástico, bolsas desinfladas que parecían medusas. En la confluencia con el Balsas, la tormenta estalló de repente, bajo un cielo negro como la tinta, los relámpagos estriaban el horizonte y por encima del agua bailaban diminutos tifones que hacían ruidos de succión.

Para Yoni era la entrada a otro mundo. No se había imaginado algo así. Su padre, el pastor Declan, a veces le había hablado de la época en que tenía a su cargo la misión, en el *río* Tuira. La selva indómita, los tigres que andaban sin hacer ruido por debajo de su casa, los mosquitos, las serpientes. Y sobre todo, la gente, esos indios taciturnos y evanescentes que aparecían cuando necesitaban algo, una medicina, una carta oficial, y desaparecían sin una palabra de gratitud. En el morro de la piragua, sentado encima de la pértiga, Yoni vigilaba el agua del río, acechando los obstáculos ocultos bajo la superficie opaca, troncos varados, bancos de arena, rocas traicioneras que podían romper el eje de la hélice del fueraborda. El piloto y propietario de la piragua era un *zambo* llamado Pema («tenca» en emberá), al que los demás habían apodado Sin Nombre, que recorría los ríos grandes y pequeños para vender su mercancía, arroz, aceite, baterías de cocina, jabón de olor y, para las indias, esos retales abigarrados con los que se hacían las faldas.

El Johnson 40 CV emitía un chillido agudo que retumbaba en las riberas y hacía que salieran volando los ibis y los cormoranes. A mediodía, cuando el sol abrasaba, Sin Nombre atracaba cerca de una casa construida sobre pilotes e iba a parlamentar con sus ocupantes mientras Yoni se quedaba en la piragua para vigilar el cargamento. El agua del Balsas era más clara que la del Chucunaque, Yoni se desnudaba, se ponía el bañador y se quedaba flotando en la corriente para escapar de las picaduras de las *mochiquitas* (*Lutzomyia*) y deleitarse con el mordisqueo de las miríadas de peces transparentes que le limpiaban la piel. A ambos lados del río, el muro de la selva parecía impenetrable, hostil. Aun así, Yoni no tardaba en ver llegar grupos de indios jóvenes, chicos y chicas, algunos aún niños, desnudos o casi desnudos, que se acercaban con precaución y luego usaban el morro de la piragua como trampolín, mientras en el embarcadero y la playa resonaban sus gritos y sus risas. Después de un buen descanso, Sin Nombre volvía a la piragua, le daba a la familia de la casa un saco de arroz como compensación y la piragua cargada seguía su ruta contracorriente, en dirección a las colinas, hacia lo alto del río.

Al atardecer, la noche caía de repente, salía de la espesura de la selva y apagaba los reflejos del río. Justo antes de que oscureciera, Sin Nombre amarraba la piragua al pie de un acantilado, delante de una casa de tablones donde vivía un mestizo y que utilizaba como almacén. Con ayuda del mestizo, Yoni vaciaba parte del cargamento, todo lo que podía atraer a los ladrones —cazuelas, vajilla, ropa y adornos— y lo amontonaban en la única habitación cerrada mediante una puerta con candado. El resto, los sacos de arroz, el aceite, los bidones de gasolina y las bebidas, podía pasar la noche en la piragua, cubierto con una lona. Yoni se quedaba parte de la noche vigilando mientras fumaba sentado en el porche de la casa y, poco antes de que amaneciera, lo relevaba Sin Nombre para que pudiera dormir unas horas.

Yoni no olvidaría su primera noche en la selva. La tormenta había vertido trombas de agua y el viento sacudía los árboles como si una mano los agarrase por las raíces. El estruendo llegaba de todas partes a la vez, un ruido de ferrocarril, pensó Yoni, o más bien un ruido de animal furioso pisoteando la tierra, el ruido de la selva viva, de las profundidades del cielo, de la potencia del río. No había hora, ni barreras, ni refugio alguno. Solo las olas de lluvia, el dios del trueno escondido en algún lugar en lo alto de los ríos, que golpeaba con la mano hasta que se le caían las garras, eso fue lo que le explicaron más adelante, el *paatun ishkier Kusar*, la uña del trueno. Y seguramente le despertaba algo por dentro, de una época remota, una época anterior a su infancia en casa de los Declan.

La crecida llegó con el alba. Sin hacer ruido, bajo un cielo que volvía a estar impasiblemente azul, el río había invadido las riberas. Tumbado en el suelo de la casa, al lado de Sin Nombre, que fumaba sin hablar, Yoni había notado la crecida mucho antes de que llegara, quizá por la forma de gimotear de los perros, no como cuando el jaguar ronda debajo de la casa, sino con un gemido distinto, y el bebé de Chavela, la mujer del mestizo, también había empezado a llorar, en voz baja, porque los niños de la selva no deben hacer ruido, y su madre le había cantado una canción para acunarlo, una canción que habla del diablo que irá a comérselo si no quiere dormir, y Yoni escuchó la canción en la oscuridad; le despertaba un recuerdo antiguo, tan antiguo, tan perdido, una voz del pasado tan remoto, un ritmo que latía con el *tempo* de su corazón, las palmas de su madre golpeándole suavemente el pecho

> *Duerme, niñito, duerme,*
> *mañana vendrán a comerte.*
> *Duerme, niñito, que vienen,*
> *van a venir a comerte.*

Eran las primeras palabras de su lengua olvidada, le volvían a la garganta, las palabras dulces de la leche que fluía de los pechos de su madre, las palabras de siempre, las palabras que ahuyentan a los demonios comeniños, después de tantos años, tantos días, tantas noches solitarias.

Al amanecer, en la selva retumbaban gritos agudos, una mujer estaba buscando a su hijo desaparecido, iba sin rumbo por la playa inundada, delante del río del color del lodo, bajo el sol resplandeciente. Yoni y Sin Nombre bajaron, caminaron por la orilla corriente abajo, el paisaje parecía haber cambiado, el río gigante fluía a través de los árboles acarreando troncos y pellas de tierra. En una playa, al lado de las piraguas que habían naufragado, estaba flotando a medias el niño, enganchado a una rama, y cuando los indios sacaron el cuerpo a la orilla, Yoni le vio la cara tumefacta, los labios azules, la punta de la nariz y el extremo del pene que ya se habían comido los pececillos limpiadores. La madre estaba de rodillas delante del niño, sin tocarlo, el grito se le ahogaba en la garganta, se convertía en un resuello ronco y sibilante, sin palabras, una llamada perdida en el silencio de la selva.

Manené, para Yoni, era la llegada al lugar más alto del río, al final del viaje, donde todo terminaba, donde todo podía volver a empezar, la puerta cuyo umbral estaba cruzando. La selva inmensa, misteriosa, cautivadora, capturadora. En la selva ya no había camino, ya no había meta, podías perderte, caminar durante días sin ver el sol, sin encontrar agua, bajo la bóveda de las hojas, a través de las ramas enredadas, apresado entre los gigantescos *cuipos,* los *cocobolos,* los cedros amargos, los banianos, por las lianas, los matorrales, las trampas de púas, en la angustia del silencio, en el vacío, con las piernas atrapadas en las raíces, los pies hundidos en los vados de hojas secas, la cara rozando los receptáculos de los sépalos cargados de chinches. Yoni nunca había conocido nada igual, un lugar sin hombres, sin inteligencia, del que habían desaparecido las palabras y los pensamientos, donde solo quedaban las sensaciones, los olores, el tacto, los murmullos. La selva apresaba, sepultaba, ahogaba.

Delante de él caminaba Meniota Canzari, el que lo había acogido en calidad de hermano de su padre, y Lino, un muchacho que lo había visto la primera vez que se bajó de la piragua. Iban siguiendo el rastro de un ciervo, día tras día, sin detenerse, salvo para dormir una o dos horas contra un tronco, con la cara envuelta en una toalla para protegerse de los vampiros. Lino dormía al lado de Yoni, lo abrazaba, su olor a sudor un poco ácido se mezclaba con el aroma de Yoni, el calor de su cuerpo le daba calor al que nunca había estado en la selva. No hablaban entre sí, o apenas, tan solo unas palabras, que Yoni recuperaba en un recoveco de su memoria, las palabras que creía desaparecidas. Pero en la selva las palabras no sirven. Cuando caminaban tras el rastro del ciervo huido, lanzaban gritos breves, para no separarse mucho, el viejo Meniota silbaba en una hoja para atraer al ciervo. Lanzaban gritos de animales, no había diferencia entre las lenguas, las de los hombres, las de los ciervos o las de las aves. Eran gritos que usaban como puntos de referencia, gritos de emoción, preguntas sin respuesta. Avanzaban descalzos por la tierra húmeda, con los dedos separados, para no hacer ruido. En un momento dado, Maniota se agachó y probó las hojas a ras de suelo. Por primera vez, Yoni notó el olor del ciervo muy de cerca, un olor ácido, un olor a miedo y cansancio, después de la huida frenética a través de la selva, y los tallos quebrados de las plantas, y con los cazadores detrás del animal, acercándose sin detenerse nunca, con el corazón palpitante y el sudor corriéndoles por la cara pintada de negro, como si una cuerda invisible uniera a los cazadores a su presa, tirase de ellos hacia delante, los abalanzara hacia la meta. Yoni notaba por primera vez su vida vinculada a la de un animal, él mismo se había convertido en un animal, como Meniota y Lino, notaba un escalofrío en la piel, oía a su lado el resuello del muchacho, oía su corazón latiendo al unísono y también él empezó a lanzar los gritos de caza, «¡Yap, yap! ¡Han, han!» y el viejo Meniota le contestaba «¡Yap, ya! ¡Ahan!», y Lino volvía la mirada hacia él, una mirada brillante, llena de deseo, y por delante de ellos el animal los guiaba quebrando las ramas, siguiendo su camino invisible, su camino de muerte y de sangre.

Al amanecer del tercer día, los cazadores alcanzaron su presa. Parado delante de los árboles, el ciervo estaba esperando, tenía la piel estremecida de moscas y la boca babeante. Meniota volvió atrás y le ofreció la carabina a Yoni.

La fiesta estalló en Manené, al acabar las lluvias.

La casa de Meniota y Catalina Canzari estaba a la entrada del pueblo, en lo alto de un cerro que dominaba el río. Meniota había organizado una fiesta para celebrar el regreso del hijo de su hermano, al que habían perdido de vista durante largos años. Los vecinos y parientes llevaron la bebida, Catalina había adornado con ramajes la escalera de madera de una sola pieza. Todos se habían arreglado con esmero, se habían peinado mutuamente con zumo de genipa y pimiento *kandji,* los hombres se habían engominado el pelo y las mujeres se habían puesto las faldas de colores, las muchachas llevaban collares de abalorios y dólares de plata, se habían prendido en el pelo flores de hibisco, y en los agujeros de las orejas, briznas olorosas de *pikiwa.* Yoni había vuelto de la plantación sobre las cuatro de la tarde, bastante agotado y sucio, se había bañado en el río y fue Lino quien se encargó de acicalarlo para la fiesta. Con un pincelito, trazó en la cara y el torso de Yoni dibujos en forma de X y de O, y también corazoncitos, para expresar todo su amor. Le pintó las dos líneas que partían de las comisuras de la boca hasta las orejas y que representaban la máscara de Imamma, el jaguar negro.

Yoni lo dejó a su aire. Su enamorado cumplía su cometido con mucho cuidado. Era el día en que Yoni iba a entrar de verdad en el pueblo de los waunana, dejaría de ser para siempre un *toraw*, un blanco, se volvería similar a todos los indios de la selva, un descendiente de los *siespiem*, los hombres salvajes, todos los añicos, esos jirones de su memoria que la familia del pastor Declan había escondido y deformado, ahora podían volverse a unir, recuperar su significado, retornar a la vida. El presente podía existir de nuevo.

Cuando fue noche cerrada, empezó la música. Al principio un viejo de la generación de Meniota tocó la flauta de seis agujeros, una melodía lacerante que subía y volvía a caer en picado, con acompañamiento de un tambor de agua, pero la generación de jóvenes llegó con todo el material para la fiesta y arrancaron una cumbia violenta con un bandoneón, una batería y un güiro, tomaron el centro del entarimado de la casa y empezaron a bailar, una danza brutal, chicos y chicas pisoteando el suelo, con los codos pegados al cuerpo y la cabeza gacha. Ya estaban todos borrachos, habían estado bebiendo en el claro, cerca del pueblo, *chicha* mezclada con alcohol de madera, cerveza y zumo de caña fermentado. Yoni se había quedado aparte, sentado cerca de la escalera, con las piernas colgando, pero Lino lo cogió de la mano y lo llevó a rastras entre los bailarines. Las chicas se juntaron en el otro extremo del entarimado, esperando su turno. Sabían que tenían que quedarse juntas para que unos chicos borrachos no las echaran boca arriba en el barro y las forzaran.

Entre ellas estaba Népono, la muchacha que Yoni había conocido a la orilla del río. Lo miró con insistencia, le brillaban los ojos en el rostro oscuro. Pero no se puso de pie para bailar y, a eso de la medianoche, Yoni la cogió de la mano y se fueron andando por la orilla del río. El ruido de la fiesta sonaba a lo lejos, un redoble de tambor mezclado con los sonidos chillones del bandoneón. Se tumbaron en el suelo de un claro, cerca de la playa, para hacer el amor, y a Yoni le sorprendió que para ella fuera la primera vez. Népono lo dejó a su aire sin decir ni una palabra, apenas si gimió cuando le desgarró el himen. Más tarde, antes del amanecer, llevó al joven hasta la casa de sus padres, ella subió por las escaleras mientras que Yoni trepó por los pilotes y se metió con ella debajo de su mosquitera. Se abrazaron encima de la alfombra de corteza de caucho, Yoni estaba mareado por culpa de las *palomas* de zumo de caña y alcohol de madera, murmuraba palabras en inglés, como si Népono pudiera entenderlo, y ella contestaba en emberá phedda. Se quedó dormido con la cabeza apoyada en la almohada de madera y la mano sobre el pecho de Népono. La muchacha tenía un olor muy dulce que invadía al joven hasta cuando soñaba.

Por la mañana, Yoni se quedó debajo de la mosquitera, escuchando los ruidos de la familia al empezar el día, los niños pequeños lloraban, alguien encendía el fuego para cocinar. No se movía, con la mano metida en la de la joven. Sabía que quedarse solo podía significar una cosa: en adelante, Népono sería *mukima*, mi mujer.

Yoni se acostumbró a la vida en la parte alta del río, era una vida áspera y dulce a la vez. Tenía que olvidarse de todo lo que había vivido en casa de los Declan, recuperar lo que había perdido en la infancia y, sobre todo, el idioma, el de los waunana, a quienes pertenecía por parte de padre, y el de los emberá que hablaba Népono. Por la noche, acostado junto a ella, recuperaba esa memoria, le iba volviendo poco a poco, se le metía en el corazón, en los miembros, se le empezaba a mover de nuevo en la garganta. Népono le murmuraba palabras al oído y él las repetía susurrando, como una canción. A veces ella se impacientaba, se incorporaba debajo de la mosquitera, dibujaba con los dedos en el pecho de Yoni, imitaba los gritos de los animales, los movimientos de las plantas, los ruidos de las piedras y de las pellas de arena que corrían por el río. Decía cómo se llamaban los hombres y las mujeres de Manené, su nombre y su apodo, Beti, Capetí, Sin Dientes, Hampasake Piragüita, Zaon la Calabaza, Menpuru Pene Rojo. Se sinceraba sobre su propio apodo, Weinchara, Carne de Mujer. Se le había ocurrido un apodo para él, Tro el Armadillo, porque a menudo se quedaba tumbado con la espalda encorvada. Se reían, susurraban, cantaban en voz baja y aguda, y después de la medianoche hacían el amor despacio, sin ruido, y luego bajaban por los pilotes de la casa de los Canzari para bañarse en el río frío, bajo la lluvia.

Todas las mañanas antes del amanecer, Yoni iba con otros muchachos, en compañía de Lino, hasta la plantación, en la linde de la selva. Como regalo de bodas, Meniota Canzari le había dado a Yoni una parcela. Népono no era exactamente su hija, pero cuando murió su primera mujer había criado a Népono junto con sus otros hijos, y por ese motivo Népono no hablaba la misma lengua, ella era de los emberá del Río Grande, había aprendido a hablar poco a poco la lengua de los waunana y ahora Yoni era su alumno. Népono conocía las costumbres; un día se quedó mirando a Lino, que estaba sentado al lado de Yoni, y dijo:

—Oye, Tro, ¿tú también quieres ser un *ahurya novata*?

Ahurya novata, el que hace el amor por el ano, Yoni comprendió la observación y se la contó a Lino. Así acabó su relación, Lino no se mostró excesivamente triste, pero se quitó el diente de puma que llevaba al cuello y se lo dio a Yoni como regalo de despedida. Cuando Yoni empezó a construir su casa, Lino llevó los tallos de bambú negro para el suelo, ayudó a levantar las vigas y a trenzar las hojas del tejado. Pero dejó de ir para las labores agrícolas.

Todos los días había que quitar malas hierbas, volver a trazar los surcos de riego y cortar las plataneras. A los quince días, cosechar la fruta talando la planta y llevar los racimos a la espalda hasta la orilla del río, luego la piragua grande de Meniota atracaba y Yoni la cargaba, con ayuda de Népono. La piragua iba río abajo hasta la desembocadura del Tuira, varias horas a pleno sol con el agua entrando por la borda, que Népono achicaba con la calabaza. Luego, con los otros cultivadores de Manené, Yoni lanzaba los plátanos racimo a racimo dentro de un barco grande que se llevaba el cargamento hasta Tocumen. Por cada racimo, Yoni recibía un real en mano, y al final del viaje se repartían el dinero entre el viejo Canzari, Yoni y Népono. Y como Yoni hablaba bien, era el encargado de coger el barco una vez al mes para depositar el dinero en el banco, en la cuenta de Meniota y en la suya. Népono no tenía cuenta porque carecía de documentos de identidad.

Las cosas no siempre eran fáciles. Un día la piragua volcó después de salir de Manené, la fuerte corriente arrastró la fruta hacia la desembocadura del río. Yoni y Népono pasaron de un salto a otra piragua, alcanzaron el cargamento a la deriva y formaron un dique. Los habitantes de las orillas los miraron sin ayudarlos, pero tampoco robaron nada, y todo el cargamento llegó al barco.

En Panamá, en el barrio de Marañón, Yoni se quedaba en el puerto. No le apetecía dar una vuelta por las calles ni ir a beber a los bares de prostitutas. Con la ropa sucia, el bañador por encima de los pantalones y los restos de pintura azul en la cara, se parecía a todos aquellos a quienes había mirado de hito en hito cuando era niño, cuando se aventuraba por Marañón con el pastor Declan. Ahora descubría cómo los transeúntes los miraban a sus compañeros y a él, realmente era como si hubiese mudado de piel.

Cuando a Népono se le empezó a redondear el vientre, Yoni fue con ella a consultar a Colombia, el Iwa Tóbari, el bebedor de datura, para el pronóstico. Colombia era un hombre de unos cuarenta años, más bien enclenque, de rostro agradable. Con él vivían su mujer y sus dos hijos varones, de cinco y ocho años. Colombia tenía fama de ser adivino. Al acabar el día, cuando se hizo de noche, Colombia le dio a beber a Yoni un cubilete de zumo de datura. Él no bebió, pero se ungió las muñecas con el jugo de las hojas. Népono se quedó aparte.

Acto seguido, la noche se iluminó: en la orilla opuesta, donde estaba la aldea de los muertos, las llamas de los espíritus bailaban, algunas se acercaban por el río. En el árbol cercano, Yoni vio los ojos rojos en las comisuras de las ramas, oía el ruido que hacen los espíritus cuando galopan por la selva.

En el árbol más alto, un nido de ramas y algodón se columpiaba al viento, la Casa de la Araña. Yoni se pasó parte de la noche delirando, y al despuntar el día Colombia le dio a beber un zumo de caña denso y amargo, y todo se calmó. Se quedó dormido al lado de Népono. Antes de volver a Manené, Yoni le dio dinero a Colombia. El hombre metió el dinero en una caja y no dijo nada. Cogió a su hijo pequeño en brazos. Al alejarse en la piragua, Yoni se dio la vuelta, el hombre seguía de pie en la orilla, sin hacer ningún gesto, pero estaba sonriendo. Esa era la respuesta de Colombia sobre el porvenir de Yoni y de Népono, y del hijo de ambos que estaba naciendo.

Elecciones

Conocí a Ireneo Chami en El Real, el mes de junio de 1970, gracias a Yoni. Ireneo no era de por allí, era un indio katru de Colombia que se había afincado con su mujer y sus hijos a orillas del río Tuira para organizar la campaña política. Era un hombre joven, alto y con buena planta que vestía como un europeo, con pantalón claro y camiseta de marca, y parecía seguro de sí mismo, pero sin arrogancia. Fue él quien inició el movimiento indígena en el Darién, para reivindicar el derecho a la autonomía de los indios en virtud de su antigüedad en la selva. Recorría los ríos para abogar ante los cabezas de familia por la creación de una comarca siguiendo el ejemplo de los indios tule de San Blas. Su movimiento también reclamaba que se detuviera la construcción de la carretera interamericana y se descartara definitivamente el proyecto norteamericano de construir un canal al nivel del mar para sustituir el viejo canal Panamá-Colón, demasiado arcaico y estrecho. Cabe destacar que este proyecto preveía desplazar a toda la población del Darién y utilizar explosivos nucleares para excavar en la cordillera. Como la mayoría de los indios jóvenes, Yoni apoyaba el movimiento de Ireneo, que defendía que las familias pudieran comprar sus parcelas a orillas de los ríos e inscribirlas en el catastro. Según Yoni era algo urgente porque la conclusión de la carretera atraería a una población exógena que se aprovecharía de la ganga. La tierra que bordeaba los ríos se vendía al precio de un dólar por acre, y si los indios no se daban prisa, no tardarían en expulsarlos de sus propiedades. Los viejos eran menos entusiastas. Al igual que Meniota Canzari, se preguntaban por qué tenían que comprar lo que Dios les había dado. Además, a ellos que siempre habían vivido libres y al margen de cualquier autoridad, la idea de tener un líder político les parecía absurda. Yoni contaba que cuando se entrevistó con Ireneo, Meniota Canzari había hecho alarde, como prueba de esa libertad, de un sable español que databa de la Conquista y que sus ancestros habían confiscado durante una batalla.

A pesar de todas las objeciones, Ireneo Chami logró llevar a cabo su proyecto de votación.

El 10 de agosto de 1971, la población de la selva entró en las ciudades, en Yaviza, en El Real, en Garachiné. Los indios votaban por primera vez para elegir a su *emberá porow,* el jefe de la futura comarca. A los aldeanos, libres o mestizos, aquello les suponía una novedad para la que no estaban preparados. De buenas a primeras, los *cholos* habían dejado de ser esas siluetas furtivas que atisbaban en los ríos, esa especie de vagabundos andrajosos que les compraban bebida y telas de colores para las faldas de las mujeres. Se habían convertido oficialmente en seres humanos. La campaña electoral de Ireneo Chami a lo largo de los ríos había dado sus frutos, incluso en los lugares más apartados de la selva.

En los poblachones mestizos nadie había prestado atención. El viejo Anton Schelling, al que me dirigí un día, se limitó a soltar su frase favorita:

—Venga a ir y venir, ¡esto parece África! —Y se encogió de hombros.

Algunos, como mi casera *libre*, abuela de mi acompañante Chico, se mostraban más virulentos.

—¡Menuda ocurrencia! ¡Unas elecciones! —decía en tono burlón—. ¿Y van a acabar siendo presidentes de la República, como quien no quiere la cosa?

Otros eran condescendientes, como el jefe de la *Guardia*, un mestizo de negro e indio, el subteniente Perón:

—¡Menudo chiste! ¡Se creen que van a mandar sobre nosotros!

La mañana del día 10 los vi llegar a la ciudad. Formaban una larga hilera morena que fluía por las calles, desde todas partes y en dirección al palacio municipal. Hombres, mujeres, jóvenes y viejos, incluso niños pequeños que correteaban junto a sus padres o mamaban del pecho de sus madres. Caminaban sin decir esta boca es mía, en grupitos, desembarcaban de las piraguas amarradas aguas abajo de la ciudad. La población local se había apartado en los laterales de la calle central o había subido a sentarse en las terrazas de las *cantinas* y las tiendas de comestibles, como para ponerse fuera del alcance de un peligro. Por primera vez no se oían las befas habituales, los «*¡Atché, amigo! ¡Mera atché!*». Los guardias formaron delante del palacio municipal, con el subteniente Perón a la cabeza. Iban armados con las largas porras de goma y las pistolas a la vista en la cadera. Pero no iban a necesitar intervenir. Había calado la consigna de que las elecciones tenían que transcurrir sin incidentes, todos los hombres llevaban pantalón y camisa, y las mujeres, incluso las niñas, ocultaban los pechos debajo de las toallas o dentro de los sujetadores.

La votación duró desde por la mañana hasta el cierre de los centros electorales, a las seis de la tarde.

Durante todo el día, en El Real, la hilera morena desfiló por las calles hasta la plaza central y luego volvió despacio hacia el embarcadero donde estaban esperando las piraguas. Ese día, los *libres* descubrieron de golpe y porrazo una realidad en la que nunca habían pensado: estaban viviendo en una tierra india.

Coincidí un momento con Yoni. En medio de la multitud india no lo habría reconocido, pero fue él quien se acercó a saludarme. En unos meses se había convertido en un auténtico hombre de la selva, un waunana. Había perdido esa apostura suya un poco afeminada, se le habían endurecido los rasgos, caminaba pesadamente, como los indios, descalzo sobre la tierra. Pero lo que más lo había cambiado era el peinado. Ya no tenía aquel estilo ondulante de *rocker*, ni las patillas primorosamente esculpidas. Llevaba el pelo oscurecido con genipa y cortado a tazón tapándole las orejas y el flequillo muy recto pegado a la frente. Seguía pareciéndose a Roman Nose, pero ahora más bien al original que aparece en las fotos de la Oficina de Asuntos Indígenas, el irreductible jefe siux que peleó contra el ejército estadounidense. A su lado iba su joven mujer, embarazada, y reconocí a Népono, de quien me había hablado un día.

—*Piakirua.* —Fue lo único que se me ocurrió decirle—. Eres guapa.

Pero ella no se inmutó. Me miró con esos ojos indiferentes y hostiles; seguramente pensó que le estaba hablando en la lengua de los *toraw.* Pregunté el nombre del niño que iba a nacer:

—*¿Pu warraske kasa trun?*

Népono no contestó, pero Yoni dijo el nombre, Emmanuel, alias Manito; pensé que al pastor Declan le alegraría saber, si llegaba a enterarse algún día, que su nieto adoptivo tenía un nombre bíblico. Yoni hablaba ahora una lengua más ruda, un poco entrecortada y cantarina al final de las frases, siguiendo el acento emberá. Yoni habló del viaje que iba a hacer al otro lado de la frontera, hacia Istmina, hacia Andagoya *abajo*, para comprar material para su granja. Su mujer esperaba poder ir a Raspadura para hacerle una ofrenda al Santo Ecce Homo, por el niño que iba a nacer. No me ofrecí a acompañarlos, pero Yoni comprendió que me tentaba y esbozó una sonrisa:

—No lo conseguirías. —Y añadió en inglés—: *This is a tough country!*

Me imaginé que aquello también era una referencia al pastor Declan.

Nos fumamos un cigarrillo al sol, delante de las piraguas. Népono ya se había sentado en la popa, cerca del motor, resguardada debajo de un paraguas. La piragua de Meniota Canzari iba sobrecargada de víveres. El motor fueraborda era un Johnson 40 CV, el clan de los Canzari era una familia importante, y ahora Yoni y su mujer formaban parte de ella. En el momento de irse, Yoni me entregó un regalo, el colmillo de la mandíbula inferior del puma que Lino había matado cazando y que le había dado al que por entonces era su enamorado. Luego se subió a la piragua sin volver a mirarme, tiró de la cuerda para arrancar el motor y la piragua se puso en marcha abriendo una ancha estela en el agua sucia del *río* Balsas, con el chillido del fueraborda. La seguí con la mirada hasta que llegó al recodo del río y se la tragaron los grandes árboles. Comprendí que era la última vez que veía a Yoni.

El silencio

¿Se puede recuperar lo que se pierde? Lo que se pierde ¿se pierde para siempre? Dejé de ir por los ríos cuando Nacho Terrible llegó a la selva y la convirtió en la puerta de entrada de la droga para toda América del Norte. Con él nunca coincidí. Puede que, al fin y al cabo, no exista, que solo sea un nombre para ocultar la identidad de los verdaderos narcos, un nombre para concentrar la guerra que mantienen contra él los estados y los ejércitos del mundo entero. Sí me topé un par de veces con sus pretorianos. La primera vez, en el *río* Tuquesa, una piragua se acercó a la que ocupaba yo y un hombre vació el cargador de su pistola hacia nosotros, muy cerca del casco, para instarnos a dar media vuelta. La segunda, en la selva, en la frontera con Colombia, cerca de Palo de Las Letras, donde un grupo de colombianos armados con fusiles automáticos nos obligó a renunciar a ir más allá. Podría haber sido un percance del trayecto, un mal encuentro de los que se pueden tener en cualquier sitio, incluso en el aparcamiento de una gran ciudad, en Francia o en Estados Unidos.

Pero comprendí en el acto que se estaba cerrando algo, como cuando cae un telón, y ese telón estaba cayendo encima de los que vivían en ese país desde siempre, los que habían inventado una sociedad autónoma, lógica, original, los emberá y los waunana, los pueblos indios. ¿Qué sucedió en Manené? ¿Cómo pudieron sobrevivir los habitantes de la selva, cuyas únicas armas eran las escopetas de un solo tiro, las cerbatanas de dardos envenenados y los machetes para cortar plataneras?

Cuando los narcos invadieron sus tierras, tuvieron que marcharse, al azar, algunos se refugiaron en El Real o en la ciudad de Panamá, sin futuro, sin recursos, poblaron los barrios miserables de Colón, en el Marañón.

Otros eligieron marcharse lo más lejos posible, al otro lado de la frontera, a Colombia, por Cacalica, fueron a la deriva en embarcaciones de madera de balsa hacia la desembocadura del *río* Sucio, fueron hacia el *río* Atrato, hasta Turbo. La selva en la que llevaban viviendo siglos, la selva mágica y solitaria que les había dado todo, se convirtió en un lugar silencioso. Los narcos mataron a los hombres, violaron a las mujeres y se llevaron a los niños como esclavos. También mataron a todos los animales, los ciervos, los agutíes, los tapires, ametrallaron a las bandadas de aves, los loros y los cormoranes, quemaron las plantaciones de plátano y de caña, los campos de ñame, los huertos de naranjos, las plantas aromáticas y las plantas medicinales. En algunos puntos, la selva estuvo ardiendo varios días, hasta ras de suelo, dejando espacios grises de cenizas, esqueletos de casas y tumbas de cerámicas.

Van caminando por la selva, descalzos sobre la alfombra de humus. Yoni lleva en la frente la bandolera de la bolsa en la que han metido todas sus pertenencias, la ropa del niño, las medicinas, los documentos de identidad y también la máquina para desgranar maíz y la taza de aluminio del viejo Meniota Canzari, lo único que queda de él tras su muerte. El fajo de dólares lo lleva enrollado y escondido en el cinturón. Népono lleva a Manito a la espalda, envuelto en un paño que le sirve de mosquitera para la noche. Caminan desde el amanecer hasta el mediodía, evitando los senderos que van hacia la frontera para no toparse con los narcos. Al atardecer, reanudan la marcha por la selva, rumbo a las colinas. Cuando se marcharon de Manené, hace una semana, los colombianos habían llegado al centro del pueblo, todo el mundo pensaba que no se detendrían, que seguirían camino hacia la desembocadura del Balsas. Pero esa noche estallaron las detonaciones, chasquidos secos como cuando se quiebra una rama, seguidas de ráfagas de fusil ametrallador. Es un sonido que los indios han aprendido a reconocer. En la casa de la linde del bosque, Yoni y Népono recogieron sus cosas apresuradamente, Yoni se plantó de un salto al pie de la casa, Népono, Manito y el perro bajaron por el tronco dentado y echaron a correr hasta que dejaron de oír el sonido de los disparos y los gritos de los vecinos. Como el niño lloriqueaba, Népono se lo puso al pecho. Se adentraron en la selva y el perro correteaba alegremente, como si fueran de paseo.

El silencio reina en la selva, se han apagado todos los rumores, la risa de los niños que se zambullen en los *charcos*, las voces que gritan nombres desde las riberas altas: «¡Tranquiliiii-na, Helicóóóptero, Chava, Dubuiiibuua, Camión, Braviii-to!». La música de los *pipanos*, las largas flautas de dos agujeros que marcan la cadencia en la danza de las mariposas, la danza del buitre blanco, la danza de los kinkajúes. En el corazón de la noche, las mujeres que se abrazan para cantar sus penas de amor, la traición de los hombres o la muerte de su hijo: «*¡Mu kompanita, akhukibatua-da!*». Amiga mía, siéntate, escúchame…

En algún lugar, en un claro, los hombres, las mujeres, vestidos de blanco, golpean con palos una piragua de madera de balsa para pedir en sus oraciones a Hewandama, el dios del cielo, que no mande otro diluvio. Pero el dios no les ha hecho caso y ha permitido que los demonios se afinquen en la tierra.

En una casa engalanada para la ceremonia, el Haibana, el gran hechicero del *río* Tupisa, lleva varios días cantando para una mujer que se muere de cáncer, está tumbada entre plantas aromáticas, le han pintado el cuerpo con zumo de genipa, se ha puesto su mejor falda y lleva colgados sus collares de monedas de plata, tiene el vientre tremendamente dilatado, hace una semana que el hospital de Yaviza la mandó a casa porque no podían hacer nada más por ella, pero tiene el rostro sosegado y los ojos sin angustia, sabe que tiene que irse y la voz del cantante la acompaña en ese viaje. Ya no existirá nada de eso, los que han conseguido refugiarse en las ciudades ya pueden acampar en el patio de los dispensarios, a la espera de que el gran hechicero blanco se digne recibirlos y les meta en la mano lacerada por el trabajo en el campo un puñado de píldoras. Pero el corazón les palpita de angustia, porque los grandes hechiceros vestidos de blanco de los dispensarios cortan brazos y piernas, y sus medicinas roban el alma.

Yoni y Népono huyeron de todo eso cuando se adentraron en la selva para llegar al Baudó. Caminaron durante días y noches, sobreviviendo gracias al maíz triturado que llevaban en recipientes de bambú, comiendo hojas de árbol, frutos de mamey silvestre y raíces de agave. No quedaban animales. Se habían metido bajo tierra, como se cuenta en la leyenda, por un túnel, para esperar allí el retorno de un nuevo mundo. Entrando en los arroyos, Yoni ha atrapado peces gato, *huacucos* pegados al fondo del agua, se han comido esa carne viscosa sin cocinarla por miedo a que el humo atrajera a los bandidos. El hijo de Népono, Manito, todavía mama de su madre a los cuatro años, Népono se fuerza a ello para que viva. Cuando se cansan de andar por la maleza y las raíces de los árboles, Yoni prepara una cama a machetazos, se tumban muy juntos con Manito en medio, bajo un techo de hojas, escuchando cómo cae la lluvia. El perro se tumba a su lado y tiembla porque ha notado en sus amos el olor del miedo.

Hasta que la tierra se acabó y ya no hubo más que una extensa capa de agua negra, en la que flotaban las hojas de los nenúfares. Yoni fabricó una balsa con ramas y fueron a la deriva por los pantanos del *río* Sucio, acechando cualquier cosa que pudiera acercarse, escuchando los ruidos amenazadores que circulan por las profundidades. Aquí vive la Madre de las Aguas que se lleva a los viajeros, y la Nutria gigante que vuelca los esquifes. Népono recordaba todo lo que los ancianos le habían contado sobre su migración a través de la selva, hace mucho tiempo, pero Yoni sabe que nada que pueda llegar por el agua o bajo los árboles iguala el terror que provocan los traficantes que se han adueñado de este mundo. Seguramente ha llegado el momento de encontrar la entrada a Etrebbema, de meterse bajo tierra para reencontrarse con los que se fueron, con las manadas de pecaríes, los aguties, los ciervos, las aves e incluso con Imamma paima, el jaguar negro que antaño reinaba en el manantial de los ríos.

El final del viaje

Estamos en Raspadura, en la amplia iglesia del Santo Ecce Homo, delante del cuadro milagroso protegido por un cristal. Representa un hombre desnudo, con las piernas cruzadas y la cara vuelta de lado, con una expresión de melancolía que apenas atenúa la sonrisa de sus labios, como si todo se hubiera vuelto irrisorio, cómico incluso, seguramente impregnado de una inconmensurable estulticia que anula el drama del destino. Delante del cuadro hay varias filas de reclinatorios de madera y paja, unidos mediante una rampa barnizada. Aquí es donde vinieron Népono y Yoni, hace casi treinta años, para arrodillarse con las manos juntas y rezar delante de la imagen del dios vencido. ¿Qué pidieron en su plegaria, para sí mismos, para el niño que iba a nacer, antes de volver a su mundo a punto de desaparecer?

La iglesia está vacía y solitaria, salvo por la presencia de una anciana que hace las veces de sacristana, sentada aparte en una silla, desgranando vagamente padrenuestros, sin mirar al Señor perdido en sus ensoñaciones sin futuro.

Los caminos de la selva se han cerrado, los han prohibido los nuevos amos, los defienden los perros guardianes de los narcos y los fotografían a diario desde el cielo los drones y los satélites de la Drug Enforcement Agency del ejército estadounidense, pues se han convertido en las vías regias para los buhoneros de la muerte.

Los antiguos claros de las aldeas a orillas de los ríos ahora son *almacenes* en los que se guardan los fardos de droga y resinas, las armas, las herramientas para fabricar anfetaminas, las reservas de dinero en metálico y los barriles de gasolina para el motor de las lanchas rápidas.

La selva está muda y ciega. Han vuelto a Etrebbema, los pecaríes mágicos que dieron origen a los humanos y todos los demás animales de la Creación, los ciervos, los agutíes, las *dantas*, los tapires de jeta prehistórica, los tamandúas de dos dedos, las nutrias gigantes. ¿Los perezosos se colgarán ahora de las raíces de los árboles, ellos que vivían en el aire? ¿Dónde han ido a parar las hormigas que inventaron los ríos talando el fuste de los *cuipos* gigantes? ¿Dónde se ha refugiado el pájaro carpintero que les dio el fuego a los hombres? ¿Dónde están Hinu Poto, que recogía la sangre menstrual de las mujeres, el gigante Zokerré, que llevaba cuchillos en los antebrazos, y los *siespiem*, los cimarrones que comían carne cruda y se escondían en las colinas? ¿Dónde están los grandes cóndores blancos que nunca se posaban y volaban toda su vida en el cenit?

Con los humanos quedaron sepultados para siempre los jardines secretos que había en el corazón de la selva, donde médicos y curanderas iban a recoger sus plantas, el fruto de la *tahusa* para tratar las conjuntivitis, la *raicilla* que combate la disentería, las cortezas amargas para aliviar el ardor de la fiebre, la liana *hombre grande* que cura a los hombres impotentes.

He cerrado el cuaderno grande de botánico aficionado en el que pegaba las hojas que recogía o les compraba a los hechiceros, impregnadas con el espantoso formaldehído. La Smithsonian Institution no va a obtener mi colección. De todas formas, ¿qué valor tienen esas hojas, esos trozos de tallo y esos pedazos de corteza, ahora que alguien ha cortado las raíces? ¿Cómo atribuirles un alma a esas cosas cuando la savia de quienes las inventaron ya ha dejado de fluir? ¿A quién iban a curar sin la ayuda de Colombia, el Iwa Tóbari, el bebedor de datura del *río* Tuquesa, al que los invasores armados asesinaron, junto con su mujer y sus hijos? Su luz se ha apagado y la selva se ha vuelto ciega y muda.

En Bogotá, al fondo de una *barranca,* lejos del centro, he visto a los supervivientes del pueblo de la selva. Viven en el frío y el humo, sin más recursos que la comida de los bancos de alimentos de las iglesias y la atención médica de los dispensarios.

Delante de las cabañas de tablones y chapa están sentados los viejos, envueltos en mantas, fumando y sin esperar ya nada más. Sus hijos, ellos y ellas, vestidos con vaqueros y cazadoras de segunda mano, se pasan el día callejeando por la ciudad, mendigando algunos y trabajando en precario otros. En los malos barrios, ellas, maquilladas como muñecas, hacen la acera.

En las anchurosas plazas por las que se mueven los turistas como yo, localizo a los hijos de la selva. Si no tuvieran el pelo negro azulado y la cara de color bronce se parecerían a todos los niños perdidos de las zonas urbanas. Algunos eran aún unos mocosos sin destetar cuando sus padres recalaron en las chabolas. No han conocido nada más que el estruendo y la violencia de las grandes ciudades, los ecos de los camiones que abren el tubo de escape al salir de los barrios ricos, las sirenas, los altavoces, el tumulto locuaz de las multitudes.

Puede que, entre ellos, me haya cruzado con Manito, el hijo de Népono y de Yoni, vestido como su padre cuando entró en la selva por primera vez, con ropa de golfo y peinado de *rocker.* Viene todos los días a esta extensa plaza para mirar a los extranjeros, entre mendigos, carteristas, tragafuegos y vendedores de juguetes de plástico.

A veces, como un recuerdo de otros tiempos, hay un indio que lleva atada con correa una zarigüeya o una llama grande y blanca rumiando hojas de maíz. Puede que también alguna vez Manito oiga allá lejos, por encima de los edificios, las autopistas, los puentes que cruzan los ríos y los embarcaderos, el hálito obsesionante de su selva natal.

París, junio de 2022

Índice

Este libro acabó
de imprimirse
en Barcelona
en septiembre de 2023

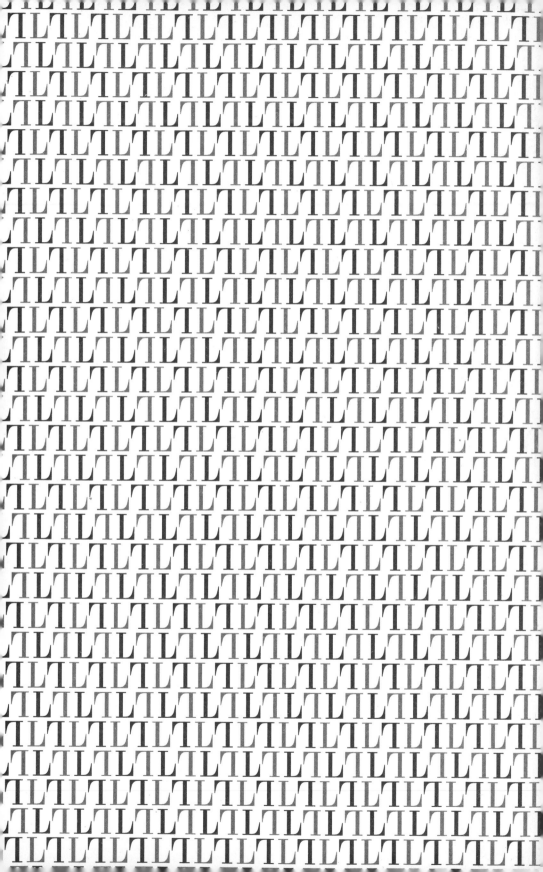